PAÍS DAS MARAVILHAS

UM ROMANCE DE DESCENDENTES

MELISSA DE LA CRUZ

Disney

São Paulo
2024

Grupo Editorial
UNIVERSO DOS LIVROS

Diretor editorial
Luis Matos

Gerente editorial
Marcia Batista

Produção editorial
Letícia Nakamura
Raquel F. Abranches

Tradução
Carlos César da Silva

Preparação
Marina Constantino

Revisão
Alessandra Miranda de Sá
Lui Navarro

Arte
Renato Klisman

Diagramação
Saavedra Edições

Capa
Marci Senders

Ilustração da capa
James Madsen

Lettering
Russ Gray

Dados Internacionais de Catalogação na Publicação (CIP)
Angélica Ilacqua CRB-8/7057

D82a	De la Cruz, Melissa Além da Ilha dos Perdidos / Melissa de la Cruz ; tradução de Carlos César da Silva. — São Paulo : Universo dos Livros, 2024. 240 p. ISBN 978-65-5609-663-6 Título original: *Beyond the Isle of the Lost* 11. Literatura infantojuvenil norte-americana I. Título II. Silva, Carlos César da III. Série
24-2184	CDD 028.5

Índices para catálogo sistemático:
1. Literatura infantojuvenil norte-americana

Universo dos Livros Editora Ltda.
Avenida Ordem e Progresso, 157 — 8º andar — Conj. 803
CEP 01141-030 — Barra Funda — São Paulo/SP
Telefone/Fax: (11) 3392-3336
www.universodoslivros.com.br
e-mail: editor@universodoslivros.com.br

Para Mike e Mattie, sempre,
e para a próxima geração de fãs
de Descendentes da Disney!

— MDLC

Capítulo 1

Vermelha de raiva

O sol estava forte e estonteante no céu, e o castelo da Rainha era alto, grandioso e belo com suas torres vistosas e simétricas, iluminadas pelo brilho vermelho costumeiro. A propriedade reluzia como rubis e vibrava com a alegria de todos na festa do jardim.

Só que não.

Uma cena como essa, imaginou Red, era o exato oposto da reuniãozinha sombria que acontecia diante de seus olhos. A garota cruzou os tornozelos cobertos pelas botas com rebites, relaxando o corpo em uma das poltronas de ferro forjado no canto do jardim, enquanto enrolava em um dos dedos uma mecha do cabelo que era, como você já deve ter imaginado, vermelho. Red usava sua jaqueta de couro vermelha e preta de sempre, e calça de couro listrada nas mesmas cores, pois era parte do conjunto. Luvas pretas que não chegavam até os dedos e uma regata arrastão completavam o visual. Afinal de contas, ela não era filha da Rainha de Copas por acaso. É, *aquela* Rainha de Copas, a rainha das luvas vermelhas, sempre vestida em escarlate, assustadora e bonita, e dizendo "cortem-lhe a cabeça!", cujos vestidos geralmente pareciam rosas vermelhas feito sangue. Onde estava a Rainha? A mãe de Red costumava aproveitar encontros como aquele, mas não parecia estar por perto naquele antievento. E essa não era bem a praia de Red.

O evento, na verdade, não era para ser a praia de *ninguém*, digamos assim, pois o que acontecia no jardim não era uma festa, mas uma *antifesta*. "O que é uma antifesta?", você vai me perguntar. Bem, é apenas uma festa na qual ninguém faz nada que remeta a uma festa de verdade. Presentes eram essenciais — como os pacotes embrulhados com perfeição e adornados com laços brilhantes empilhados na mesa de ferro forjado —, mas ninguém os abria. Red mal se dava ao trabalho de olhar para os embrulhos, sabendo que seriam descartados no final.

Comes e bebes também eram imprescindíveis — e Red precisava admitir que os chefs do castelo arrasavam: mesas repletas de doces, tortas de creme inglês, um bolo de cinco camadas, além de uma verdadeira torre de champanhe feita com taças delicadas que reluziam cheias de ponche de verão.

Só que ninguém comia. Na verdade, alguns até sussurravam que a comida estava envenenada, então ninguém sequer a tocava. Bolas de sorvete derretiam devagar nas tigelas de porcelana frágil.

Que tipo de festa no jardim estaria completa sem brincadeiras para entreter os convidados? Só que a diversão nas antifestas incluía ficar parado pelo máximo de tempo possível e dormir até que alguém o acordasse de maneira mal-educada. Sabe como é, o tipo de coisa que todo mundo adora.

E seguindo bem o estilo dessa festa, que não se parecia nada com uma festa, Red, por ser a convidada de mais alta honra, era a que menos se divertia. Sentava-se à cabeceira da mesa, fingindo participar de um jogo de empilhamento de xícaras de chá. Contudo, na realidade, ela estava brincando de ver quanto tempo aguentaria ali enquanto bisbilhotava as pessoas de rabo de olho.

Os demais convidados eram todos moradores do País das Maravilhas, súditos reais com horários e futuros impecavelmente organizados, na mesma linha de trabalho confiável: soldados-cartas do exército da Rainha ou nobres de sua corte. Estavam todos reunidos para celebrar o antianiversário, pois nenhum deles tinha um aniversário de verdade. Afinal de contas, eram ilegais pelo decreto da Rainha.

Todos usavam tons de vermelho tão desbotados que beiravam o cinza. Os convidados não eram como as crianças das quais Red tinha ouvido falar, as das terras distantes de Auradon, que cresciam cantando, rindo e correndo abestalhados por aí como coelhinhos brancos. No País das Maravilhas, ao contrário, infância era sinônimo de seguir regras dia e noite, ficar em silêncio durante as refeições e só brincar entre as duas e quatro horas da tarde. Jogar Paciência era o passatempo favorito.

Eles tinham se acostumado, supôs Red, com um sorriso zombeteiro. Ela também tinha.

Red havia sido criada da mesma forma, embora não fosse virar um soldado-carta como eles. Ao nascer, herdara o direito de reinar ao lado da mãe.

Seu futuro e destino pareciam já preestabelecidos. E agora, com a aproximação da cerimônia que a mãe havia planejado, era como se suas responsabilidades reais tivessem se intensificado. Sabia o que era esperado dela, mas aquilo não era o que desejava para si mesma. O que ela *queria* era ser um pouco perversa — se divertir um pouco —, então dava escapadinhas à noite, pegando coisas que não devia tocar — tudo para desafiar a mãe e, se era para colocar todas as cartas na mesa, chamar a atenção dela.

Red se remexeu na poltrona, colocando uma xícara sobre a outra pela enésima vez. Reparou em um garoto que usava uma cartola cinza e tinha passado quase uma hora segurando um porco-espinho na mão, mantendo a mesma pose. Ele parecia irritado por ela não estar tão imóvel quanto deveria.

Mas era mais forte que Red. A antifesta era tão chata quanto esperava, e, cada vez que pensava que governaria o reino, ela ficava mais inquieta. Poder ilimitado, liderança incontestável — eram coisas que todos queriam, pelo menos de acordo com a Rainha de Copas. Mas será que era o que Red queria? A garota não sabia ao certo. Às vezes, tentava se imaginar como sua mãe, tacando a louça na parede toda vez que se enfezava e proibindo tudo o que lhe dava na telha num dia em que levantava com o pé esquerdo.

Ela nunca tinha gostado muito daquela ideia.

Uma brisa repentina fez um dos presentes cair do topo da pilha e o levou até o laguinho de carpas ali perto.

— Minha nossa! — gritou uma menina que vestia um moletom vinho de bolinhas, recompondo-se antes de continuar sua brincadeira de levar uma cadeira de um lado para o outro pelo lago.

Outra garota estalou a língua e, em seguida, voltou a contar os filetes de grama.

Red revirou os olhos.

Foi então que um som ainda mais alto reverberou pelo jardim — trompetes retumbantes se aproximando. De repente, os adolescentes arregalaram os olhos de nervosismo e pararam seus antijogos, oscilando o peso do corpo entre um pé e outro, inquietos, pois, quando a Rainha fazia um pronunciamento, era preciso prestar atenção.

Red nem *sempre* se animava muito com as interrupções da mãe, mas a antifesta estava tão tediosa quanto deveria. Assim, sentiu-se grata pela mudança de ritmo.

A menina se pôs de pé com os demais, deixando de lado sua xícara e se virando para a entrada na abertura da cerca-viva enquanto a Rainha de Copas fazia sua aparição.

Capítulo 2

A Rainha Vermelha em carne e osso

— Ahã! — pigarreou a Rainha.

Era uma mulher belíssima, com sobrancelhas arqueadas e um olhar fulminante. Usava um vestido vermelho pomposo, com nuances de preto, branco e, é claro, corações. A coroa de rubis pairava no topo de sua cabeça, e o cabelo longo avermelhado era liso e perfeito como uma cortina de veludo. No colo, havia um colar com um pingente de rubi cintilante, e o colarinho firme do vestido caía delicado sobre os ombros, dando a impressão de que ela estava encapsulada por um coração. Era uma visão ao mesmo tempo feroz e deslumbrante.

O que Red achava mais impressionante, no entanto, era como a mãe nem precisava levantar a voz para sinalizar a profundidade de sua ira. A Rainha bateu palmas e limpou a garganta de novo. Sua voz saiu melódica, ainda que fria:

— Povo do País das Maravilhas, peço a atenção de vocês!

O jardim já estava tão quieto que daria para ouvir um fio de cabelo caindo no gramado, e todos ali só tinham olhos para a Rainha — o garoto da cartola cinza, as garotas próximas ao lago, os vários soldados-cartas e os sapos-mordomos que faziam tudo a seu alcance (ou seja, nada) para manter a antifesta desinteressante. Era algo comum, porém, que a mãe de Red não enxergasse os súditos, muito menos que nutrisse empatia por eles.

Todos se esforçaram ao máximo para prestar ainda mais atenção à Rainha.

Ela sorriu para os súditos, mais branda.

— Red, como está, querida? — perguntou ao ver a filha. — Está se divertindo?

— Não muito — respondeu Red, dando de ombros.

A Rainha de Copas sorriu e assentiu.

— Que bom! Mas venha cá, você precisa mesmo usar tanto couro? — indagou, fazendo cara feia para o modelito da filha. — Isso a deixa com um ar de encrenqueira.

Red sentiu as bochechas fervendo, mas ninguém ousou olhar para ela.

A Rainha continuou, sem se desculpar:

— Agora vamos ao que interessa. Fui informada de que nos faltam *muitas* leis. Leis que vão beneficiar a todos nós. Como líder deste reino, peço desculpas por ter negligenciado esses pontos de melhoria por tanto tempo. Mas isso não pode mais esperar até o próximo decreto real.

Se as pessoas do País das Maravilhas não tivessem sido muito bem treinadas, Red sabia que um grunhido poderia ter ecoado pelo jardim. Ainda assim, pensou ter notado um dos sapos-mordomos verdes estremecer de irritação antes de voltar à imobilidade.

O soldado-carta próximo à Rainha pegou um rolo de pergaminho e o abriu para que a mãe de Red lesse. Ele usava o mesmo uniforme de todos os outros — um capacete vermelho com um emblema de coração na frente e uma armadura de couro vermelha e preta, com uma espada na lateral. O pequeno diamante no lado direito do peito marcava o número da carta. Aquele era o nove.

— Como bem sabem, aniversários são ilegais — começou a Rainha. — Quem é que precisa deles? Todo ano é essa mesma ladainha de sur-presinhas tolas, de indisciplina... que tédio!

Todos assentiram e murmuraram em concordância, como deviam.

— Todo ano apresentamos uma mesa repleta de sobremesas. Para mostrar como elas podem ser tentadoras!

Ela lançou um olhar feio para a mesa de sobremesas. O propósito de sua presença era lembrar os súditos do que eles *não* precisavam, além de testar e fortalecer sua força de vontade. Red sabia que também se tratava de uma armadilha. Quem fosse pego encostando nos doces seria punido com severidade. Ela achava aquilo muito inteligente, de certa forma, ainda que um pouco sádico.

— Ah! — exclamou a Rainha, visivelmente abalada. — Isso por acaso é um cupcake?

A cereja do bolo na mesa de sobremesas era uma torre de cupcakes de penas rosa de flamingo.

Red se virou para o confeiteiro real, que tremia de medo.

— S-senhora... Vossa Majestade, perdoe-me... encontrei uma receita antiga sua e...

— Tire isto já da minha frente! — gritou a Rainha, que, em seguida, deu batidinhas na testa com um lenço vermelho.

Red ficou sem entender o que acabara de presenciar. Nunca havia visto a mãe surtar por causa de cupcakes antes. Por outro lado, também nunca tinha visto um cupcake. Ficou se perguntando qual devia ser o gosto daquele doce. E talvez nunca descobrisse, pois o confeiteiro estava retirando a bandeja da mesa.

A Rainha bateu palmas de novo, recompondo-se.

— *Continuando!* Aniversários ainda são ilegais. Doces são desenco-rajados! *Ainda mais* cupcakes. Além disso, qualquer tipo de risada deve ser evitado antes do meio-dia. Não faz bem ao coração rir tão cedo! Aliás, talvez seja melhor não rir nunca! O que me leva ao próximo ponto: isso obviamente significa que piadas só podem ser contadas sábado sim, sábado não, e apenas em casos de extrema necessidade.

Contudo, o tom da Rainha deixava claro que ninguém jamais devia sentir necessidade de contar uma piada.

Ela acenou com a mão, e o soldado-carta recolheu o pergaminho com um estalido.

— Isto é tudo — disse. — De nada!

Todos os convidados da antifesta e funcionários do castelo fizeram uma reverência e entoaram em uníssono: "Obrigado, Vossa Majestade" e "Sim, Vossa Majestade". A Rainha sorriu com benevolência e assentiu, recebendo a anuência dos súditos.

Foi então que, de esguelha, Red viu algo que lhe chamou a atenção. Havia um garotinho próximo à mesa de sobremesas, alguém que ela flagrara antes naquela tarde comendo os doces com o olhar. Ele estava aproveitando a distração da Rainha para enfiar duas, depois três tortinhas de morango nos bolsos das calças xadrez.

Parecia aterrorizado, mas muito determinado. Red deu um sorriso travesso, divertindo-se com o ladrãozinho. Mas, como tudo no País das Maravilhas, o mau comportamento sempre era digno de punição.

— *VOCÊ AÍ!* — A voz da Rainha atravessou a multidão. Red não sabia ao certo como a mãe vira a criança de tão longe, mas de repente todos encaravam a mesa de sobremesas.

O rosto do menino ficou branco. Ele largou os doces e ficou paralisado.

— O que foi que eu *acabei* de dizer? — A Rainha de Copas pontuou cada palavra com uma palma, parecendo decididamente exasperada com toda aquela situação.

— *Mm dscufa* — guinchou o menino. Sua boca estava cheia de tartelete.

— Tirem isto daqui! Tirem isto aqui! — ordenou a Rainha. — Ele também. Quero que ele *saia* da minha frente!

Um dos soldados-cartas pegou o menino e o levou pelo corredor do labirinto de cerca-viva. Outras crianças até teriam se debatido e reclamado, mas o garoto aceitou as consequências de suas ações e seu destino subsequente, imóvel e complacente nos braços do guarda.

Dois outros soldados-cartas pegaram a mesa de sobremesas e despejaram todo o seu conteúdo no lago de carpas. (Por sorte, era um antilago de carpas, portanto não havia peixes para se ferirem.) Tudo aconteceu numa rápida sucessão e de maneira bastante eficiente, e em não mais do que um instante ou dois, a situação perturbadora foi resolvida.

A Rainha de Copas esfregou as mãos de maneira ríspida, como se tivesse tocado algo desagradável.

— E mais uma coisa — continuou.

A Rainha agora sorria diretamente para a filha e, embora Red não temesse os ditames da mãe, que no geral só a irritavam, sentiu uma inquietação que lhe causou mal-estar.

— Vocês todos estão bem familiarizados com o nosso triunfo na Guerra das Rosas.

— Estamos — murmuraram os convidados da antifesta, como mandava o protocolo. — A Guerra das Rosas, sim, sim.

Era o primeiro e mais importante tópico lecionado nas escolas do País das Maravilhas: como o reino escolhera não se unir aos Reinos Unidos de Auradon e como a Rainha organizara um exército para manter a liberdade da nação, o que levou Auradon, temeroso, a tapar a Toca do Coelho e exilar o País das Maravilhas do restante do reino.

— E sei quanto vocês amam a anual Cerimônia do Chá do País das Maravilhas, a ser realizada daqui a duas semanas, que comemora nossa história tão importante, bem como divulga o decreto real para o ano seguinte. Tivemos decretos notáveis no passado: o ano que tornou a liga de croqué nacional mais emocionante, com a introdução da pena de decapitação para cartões vermelhos. O ano que obrigou todos os filhotes de gatos e cachorros a permanecerem aprisionados até estarem devidamente treinados. Ou o ano inesquecível em que banimos todo tipo de dança — continuou a Rainha de Copas. — Este ano, no entanto, tenho a honra de anunciar que a cerimônia será especial, pois minha própria filha, Red, a Vermelha de Copas, será quem fará o decreto real.

Um grito de comemoração obrigatório irrompeu pelo jardim. Os súditos correram para parabenizar Red, e os soldados-cartas se embaralharam em uma saudação intrincada.

Red assentiu e abriu um sorriso sutil, mas por dentro era como se tivessem arrancado todo o ar de seus pulmões. Sempre soubera que uma hora ou outra teria que assumir mais funções reais, só que aquilo era como ser empurrada para um precipício. O decreto da Cerimônia do Chá do País das Maravilhas devia ser grandioso, abrangendo uma série de regras, normas e objetivos. Era ele que definia para o reino o tom do ano que estava por vir. E agora não só seria responsável por criar essas novas leis severas, mas também teria que anunciá-las num discurso chique e pomposo?

Red foi até a mãe, que a aplaudia com delicadeza em suas luvas vermelhas que iam até os cotovelos.

— Tem certeza? Acha que já estou pronta? — perguntou Red baixinho em meio ao barulho da multidão.

— Claro, claro! — ralhou a mãe. — Na verdade, acho que esperamos *demais*.

— É só que... sei que é uma responsabilidade imensa.

— Não se preocupe, querida. — A Rainha esticou o braço e apertou a bochecha da filha, uma provocação afetuosa, porque sabia como aquilo irritava Red. — Teremos tempo de sobra para nos preparar. E estarei a seu lado em todos os momentos.

— Está bem.

Red assentiu, embora a ideia de a Rainha virar para a filha os holofotes da atenção que ela mesma recebia enquanto tratava minuciosamente de tudo não lhe parecia uma ideia lá muito reconfortante.

— E, quando assumir este papel, estará pronta para mais funções reais. Antes que se dê conta, você será *igualzinha* a mim! Será o seu momento de brilhar!

A Rainha lançou um sorriso largo antes que Red pudesse reagir, depois bateu palmas e gritou:

— Guardas!

Os soldados-cartas se organizaram em duas linhas perfeitas atrás dela, e logo o jardim ficou do mesmo jeito que estivera antes de a Rainha aparecer. Todos os súditos voltaram sem demora às antibrincadeiras, tão mecânicos quanto as engrenagens de um relógio cuco.

Todos, exceto uma pessoa, é claro. Só Red percebeu as sobremesas intocadas virando sopa no lago.

Capítulo
3

Instigadora de rebeldes

R ed tinha perdido todo o interesse na antifesta. Saiu por outro caminho do labirinto de cerca-viva, seguindo paralelamente ao castelo imponente no centro. O labirinto era ao mesmo tempo decorativo e estratégico — um atributo de jardinagem que espelhava o desejo da Rainha por uma estética agradável aos olhos bem como a irracionalidade dela, além de ser um mecanismo para repelir invasores. Muitos indivíduos suspeitos se perdiam no perímetro exterior do labirinto, o que causava risos em Red. Aquela parte era brincadeira de criança. Quanto mais perto se chegava do castelo, no entanto, mais complexo se tornava o padrão, com muitos becos sem saída e retornos inesperados, caminhos que giravam em círculos sem nunca chegar a lugar nenhum… Mas os cidadãos do País das Maravilhas sabiam como transitar entre as cercas-vivas, e ninguém as conhecia melhor do que Red, que tinha passado a maior parte da infância perambulando por ali e descobrindo todos os atalhos.

Isso porque ser filha da Rainha de Copas não tornava Red lá muito *popular*. Claro, ela tinha toda a influência no reino; podia ter companhia a seu lado num estalar de dedos. Mas quem ia querer isso? Era melhor brincar sozinha e se concentrar em si mesma do que estar com pessoas que, em segredo, não gostavam dela — ao menos era isso o que a mãe de Red dizia. A Rainha de Copas desencorajava amizades, e, embora às vezes Red se perguntasse como seria ter alguém por perto com quem de fato pudesse conversar, trocar uma ideia *de verdade*, ela achava que era melhor seguir como estava. A maioria das crianças do País das Maravilhas se sentia intimidada por Red e sua mãe. A garota não podia culpá-los por isso.

Por outro lado, seria bom ter alguém com quem conversar naquele exato momento. Red divagava entre as sebes, sem destino nem ninguém para consultar a respeito do pronunciamento da Rainha. Numa das esquinas do labirinto, havia uma árvore de Tumtum velha e contorcida, tão alta que ultrapassava a cerca-viva em altura e se esticava até as torres do castelo. Quando Red subia até o galho mais alto, conseguia ver os emaranhados de caminhos verdes, o tabuleiro quadriculado em preto e branco do jardim, os portões no limiar do labirinto e o restante do País das Maravilhas.

Era seu lugar favorito, e era só dela.

Agora Red observava o mundo monótono e curioso que em breve seria diretamente afetado por suas palavras, escolhas e ações. Era uma cidade de construções cor-de-rosa e vermelhas, coberta de perspicazes sombras decorativas de Copas, Paus, Ouros e Espadas: o lar de Red ao longo de seus dezesseis anos de vida. Mas será que ela de fato sentia afeição pelo lugar? Red abraçou a árvore de Tumtum e pensou nas regras rígidas e nos soldados-cartas de expressão impassível, nas tardes tediosas de antifestas no jardim e na falta de personalidade de quase todo mundo que ela conhecia.

Soltou um suspiro de decepção ao reconhecer como a resposta era simples: não. Ela não conseguia encontrar muito com que *se importar* no País das Maravilhas — ao menos não da forma como era sua vida ali —, e a ideia de governar o reino também lhe parecia deprimente. Se bem que talvez devesse ser assim mesmo. A Rainha de Copas sempre dizia que bastava se importar demais com alguma coisa para que lhe fosse arrancada. Ao longo dos anos, Red aprendera isso na marra com alguns bichinhos de pelúcia e, depois, com passatempos. Nunca havia recuperado a máquina de costura do fundo do fosso, onde a Rainha a jogara depois de proibir todas as pessoas (exceto os alfaiates autorizados pelo governo) de fazer as próprias roupas.

Você será igualzinha *a mim*, dissera a mãe. Irritada, Red afastou o cabelo ondulado do rosto e o prendeu numa meia trança. Era bastante provável que a garota fosse a única pessoa em todo o País das Maravilhas que não se sentia intimidada pela Rainha de Copas, mas tampouco entendia a mãe. A Rainha era distante e fria. Todos os dias, Red estremecia durante o café ao ouvi-la descendo as escadas, tentando calcular antecipadamente o humor dela pela cadência dos passos.

Será que o poder tinha, bem... subido à cabeça da Rainha? Será que Red acabaria da mesma maneira quando assumisse o trono? Será que aquele era o início do fim? Ela realmente nunca se divertiria na vida?

Ao longe, Red conseguiu distinguir o formato turvo do Pântano Cabisbaixo, com suas profundezas lamacentas e cobertas por musgo. Mais além dele, ela sabia, ficava a interminável Floresta de Tulgey e, em algum ponto mais distante ainda, a entrada obstruída da Toca do Coelho.

Red nunca tinha colocado os pés para fora do País das Maravilhas. Sempre que sugeria a ideia à mãe, a Rainha bufava de deboche, revirava os olhos e dizia:

— Dei duro para que o País das Maravilhas fosse o melhor lugar do mundo. Esses outros reinos xexelentos... são um caos de pessoas abestalhadas correndo de um lado para o outro conforme gritam suas opiniões a plenos pulmões, reclamando disso e daquilo. É pavoroso, posso te dizer. — Ela só balançava a cabeça como de costume e franzia os lábios.

— Aqui, as pessoas são tão calmas e bem-comportadas. Por que você desejaria sair deste lugar?

Só que a curiosidade não deixava Red em paz. Como devia ser visitar outras partes do mundo? Ela até já tinha ouvido boatos de que, em outra época, costumava existir uma ilha que abrigava todos os vilões do folclore — um lugar cruel e perigoso onde ninguém nunca seguia regra nenhuma e todo mundo fazia o que dava na telha. *A Ilha dos Perdidos.* Era um prato cheio para a cabecinha de Red.

Por outro lado, fazer o pronunciamento na importantíssima Cerimônia do Chá significaria declarar publicamente sua lealdade ao trono, atrelar-se ao País das Maravilhas para todo o sempre.

Do topo da árvore de Tumtum, a garota podia ver o jardim quadriculado agora vazio, onde um único soldado-carta removia a sopa de sobremesas do lago com uma rede. Onde estaria o menino que tinha roubado as tarteletes? Será que o tinham jogado nas masmorras?

Red se pôs de pé, mantendo o equilíbrio na casca dura da árvore de Tumtum. Ela se *recusava* a proclamar um novo decreto real horrível na Cerimônia do Chá do País das Maravilhas; simplesmente não era do seu feitio. Só de pensar, já se sentia como se sua vida tivesse acabado e, cá entre nós, ela mal tinha começado a viver de verdade!

A luz do poente cobriu o rosto de Red, que pensava a respeito do assunto. Não bastava sair de fininho após o toque de recolher e, sorrateira, passar a mão numa espada aqui ou num elmo acolá. (Afinal de contas, ela queria treinar!) Assim como o menino que tinha roubado as tarteletes proibidas, Red iria atrás do que queria. Porque, em algum lugar diante dela, quase a seu alcance, estava a possibilidade igualmente empolgante de uma vida fora da barra da saia da mãe.

A garota desceu da árvore com força renovada, observando as fileiras rígidas dos soldados-cartas que saíam para a vigília noturna.

Vou dar um tchan *neste lugar*, disse a si mesma quando seus pés tocaram a grama aparada do labirinto de cercas-vivas mais uma vez. *Nem que seja a última coisa que eu faça.*

Capítulo 4

A ciência da magia

Como filha da Rainha de Copas, na agenda toda regrada e monótona de Red havia apenas um único intervalo de felicidade — o que, ironicamente, ia de encontro ao que podia ser visto como um ato de rebeldia.

A escola.

E, no País das Maravilhas, havia aula na maioria dos dias, inclusive em grande parte dos feriados. Talvez os alunos tivessem um dia de folga amanhã, ou um dia de folga ontem, mas nunca um dia de folga hoje!

O Colégio do País das Maravilhas era tão severo e organizado como qualquer outro lugar sob o domínio da Rainha, mas ao menos ali as janelas altas e uniformes possibilitavam um bom banho de sol. A escola ficava numa mansão antiga próxima ao palácio da Duquesa e à Casa do Chapeleiro. Era longe o bastante do castelo para que Red pudesse aproveitar uma caminhada agradável todos os dias, apesar do grasnado dos mome raths que surgiam de vez em quando.

A aula favorita de Red no Colégio do País das Maravilhas era, de longe, a de ciências, pois suas regras, embora tão severas e inflexíveis quanto as da mãe dela, ao menos faziam sentido. Se a Rainha de Copas batesse o dedinho do pé numa quina, ela podia acabar banindo as capas de chuva. Se um criado derramasse sua sopa, podia exigir que ninguém mais no reino falasse a palavra "terça-feira". Mas, se Red soltasse uma tartelete no ar, ela cairia no chão, independentemente de qualquer outro capricho. Uma estátua de mármore sempre seria um obstáculo para um porco-espinho que estivesse rolando. De certa forma, a garota sentia um certo conforto nas leis que não seguiam as motivações de sua mãe, mas sim a lógica irrefutável do universo.

Red ainda estava um pouco distraída quando entrou na sala de aula naquela manhã, perguntando-se como é que poderia ser mais rebelde. Foi só quando quase esbarrou no professor que voltou à realidade.

— Princesa! — riu o sr. Maddox, dando um passo para o lado. — Está com a cabeça lá na árvore de Tumtum de novo, é?

O sr. Maddox — que preferia deixar as formalidades de lado e ser chamado apenas de Maddox — era uma baita figura com sua cartola xadrez, o cabelo roxo e um casaco verde-oliva de couro usado por cima de um terno risca de giz feito de lã. Ele era o cúmulo da elegância.

Ninguém mais, ninguém menos do que o filho do próprio Chapeleiro Maluco, Maddox tinha escolhido a carreira acadêmica em vez de seguir no ramo de chapéus, e agora era o professor mais popular da escola. Ao contrário do pai, ele mantinha os pés no chão, era solidário e afetuoso. Era conhecido no Colégio do País das Maravilhas por seus experimentos ousados, como o projeto de construção de um balão de ar quente para o borogove de estimação da turma do primeiro ano e a experiência de mergulhar um retrato da Rainha de Copas num composto químico que permitiria à turma tacar fogo nele sem danificá-lo.

Os boatos nunca foram confirmados, mas Red tinha quase certeza de que esse último feito garantira ao professor uma licença de afastamento temporário.

— Foi mal, Maddox. — Red balançou a cabeça e deu um passo para trás. — Tô com a cabeça nas nuvens.

Maddox se inclinou de maneira teatral sobre sua mesa enquanto o restante dos alunos ocupavam as carteiras. Talvez fosse por sua natureza excêntrica, mas ele tinha menos medo de Red do que os demais docentes. Esse podia muito bem ser um dos motivos pelos quais Red gostava tanto dele.

— Aconteceu alguma coisa?

— Não. — Mas, de imediato, Red reconsiderou. — Bem, logo você vai ficar sabendo mesmo... Vou fazer o pronunciamento do decreto real na Cerimônia do Chá deste ano.

Maddox bateu palminhas.

— Ai, que tudo! Estava falando agorinha mesmo com os Tweedle que seria bom se tivéssemos mais vozes de liderança. — Ele arregalou os olhos, solene. — Quer dizer, é claro, *além* da sua querida mãezinha.

Red sorriu.

— Claro, claro. — Maddox era uma das poucas pessoas que vez ou outra deixava uma crítica à Rainha escapulir, só para variar, algo que Red adorava. — Mas é daqui a duas semanas, Maddox... Vai chegar num piscar de olhos.

— Ah, que bobagem — o professor debochou. — Todos os meus colegas têm plena confiança nas suas habilidades, assim como eu. Tenho certeza de que logo você vai pegar o jeito da coisa. Mas, por agora, pode começar pegando o rumo da sua *cadeira*.

Red deu um sorrisinho e obedeceu, indo até a carteira.

— Olá, pessoal! — falou Maddox para a sala. — Bom dia! E que dia divino, porque vamos continuar nossos estudos de física. Eu sei, eu sei... — Ele levantou a mão, como se esperasse um grunhido de reprovação da turma, mas ninguém deu um pio. Todos continuaram atentos e quietos, como tinham sido instruídos a fazer. Sair da linha um tantinho que fosse significaria ter que escrever a declaração de missão da Rainha à mão cem vezes, o que deixava os alunos tão atordoados que depois passavam dias sem conseguir pensar direito. — … Sei que é um tópico denso, mas farei o melhor que puder para que seja divertido. — Maddox fez uma pausa, tirando a cartola e balançando o cabelo roxo. — Esperem só um momento, havia mais alguma coisa que eu devia fazer, não havia? O que era mesmo?

Red olhou para o canto onde ficava a lousa e quase pulou da cadeira de susto. Havia um menino ali, alto e esguio, com um cabelo castanho desgrenhado e o maior sorriso que ela já tinha visto. Tá, Red tinha entrado toda distraída na sala, mas era quase certeza que o menino não estava ali antes.

Maddox pareceu reparar no novato na mesma hora que Red.

— Eita! — exclamou o professor. — Não tinha visto você aí, jovenzinho. Vem cá, onde todos possam te ver.

O garoto foi até a frente da sala de aula com as mãos enfiadas nos bolsos. O sorriso zombeteiro, semelhante ao de um gato, ainda lhe tomava o rosto.

— Ah, sim — falou Maddox. — Gente, este é o Chester, um novo aluno do Colégio do País das Maravilhas. Espero que o recebam bem.

Após um aceno de cabeça do professor, a turma irrompeu em uma educada salva de palmas. Red acompanhou, ainda que observando o menino com curiosidade. Ele tinha um jeito desleixado e sorria com os gestos amplos de Maddox. Não eram coisas que um adolescente comum do País das Maravilhas faria.

— Agora, vejamos… — continuou o professor. — Red, importa-se de fazer dupla com Chester no laboratório hoje e mostrar a escola a ele? Isso, pode se sentar ali, Chester, é a menina de cabelo…

— Acho que consigo decifrar essa — falou Chester, assentindo diante do vermelho brilhante do cabelo de Red. — A menos que eu esteja errado e seu nome seja… Blue?

Um dos alunos soltou um ruído de surpresa, mas logo o abafou.

Red arqueou as sobrancelhas, e Chester se sentou. Em seguida, ela não pôde conter o riso.

— Acreditaria se eu dissesse que minha mãe considerou me chamar de Alice?

— Tá brincando? — rebateu Chester.

— Muito bem, muito bem — falou Maddox. — Agora vamos prestar atenção à física da mudança de tamanho…

Por mais que Maddox fosse um ótimo professor, o aviso era sincero: a aula foi mesmo complicada. Red mal teve tempo de reparar no novato sentado a seu lado com toda a atenção de que precisava para acompanhar as teorias de como deixar as coisas gigantes ou minúsculas. Nos quinze minutos finais, Maddox entregou uma lista de exercícios para cada dupla resolver.

— Vixe — suspirou Chester, puxando a folha para perto e depois a afastando do rosto como se tentasse encontrar o foco correto. — Isso aqui é um pouquinho mais intenso do que estou acostumado a estudar.

— Ah, é? — falou Red. Ela o observou com atenção, mas não queria parecer interessada demais. — Onde é que você estudava antes de vir para o Colégio do País das Maravilhas?

— Estudava em casa, mesmo. — Chester sorriu. — A gente morava ali perto do Arbusto da Lagarta, mas nos mudamos para cá porque meu pai foi transferido e agora vai trabalhar para o reino. Achei que valia a pena ver qual era a daqui.

— Nossa, isso é bem longe. Do outro lado do País das Maravilhas.

Red suspeitou que a mudança de Chester devia ter sido por questões de negócios, pois, por mais que a Rainha governasse todo o País das Maravilhas com mãos de ferro, seu domínio próximo do castelo era a capital do reino, severamente regida por leis. Viagens entre as diversas regiões do País das Maravilhas não eram lá muito incentivadas, pelo contrário. Além disso, os guardas patrulhavam as fronteiras da capital dia e noite para sondarem a motivação de qualquer um que quisesse entrar ou sair.

O garoto fez que sim.

— Às vezes me esqueço de como o País das Maravilhas é enorme, já que nunca estive em grande parte dele. Tivemos de conseguir uma permissão por escrito e tudo o mais. Estava curioso para ver se as coisas eram diferentes por aqui, mas... acho que me enganei.

Red escreveu *BEBA-ME* em uma das respostas e se perguntou se tinha entendido corretamente a indireta dele.

— Diferentes como?

Chester deu de ombros.

— Nossa cidade funcionava de um jeito tão mecânico. Todo mundo acordava todo dia na mesma hora, cada um com suas funções estabelecidas, que executavam sem questionar. Mas acho que...

Ele deu uma olhada pela sala de aula que, exceto pelo barulho do grafite no papel e dos murmúrios abafados de cada dupla, estava em silêncio. Na opinião de Red, embora a aula de Maddox fosse uma das favoritas dos alunos, também meio que frustrava os colegas até o último fio de cabelo. Conseguir a nota máxima era quase sempre impossível, com tarefas pensadas para encorajar tentativas e erros em vez de uma simples decoreba. A própria disciplina em si, na verdade, era caótica e imperfeita. Só que os jovens no País das Maravilhas eram ensinados a nunca cometer erros.

O reinado da Rainha de Copas ia muito além do Arbusto da Lagarta, e Red não queria fazer Chester se sentir mal ao perguntar por que exatamente ele achava que se mudar para *ainda mais perto* da capital faria uma diferença positiva. Então, em vez disso, falou:

— E qual era a sua função lá?

Ele sorriu, e fios do cabelo castanho caíram sobre os olhos.

— Nunca a encontrei — respondeu. — Isso era parte do problema. Não queria me limitar a uma só coisa. Gostava de explorar a cidade, de perambular pelos bosques... O pessoal achava isso muito estranho. Meus pais entendiam, porque foram criados na fronteira ao norte do reino, próximo da Baía das Amoras. As coisas são diferentes por lá.

Red franziu o cenho.

— Diferentes como?

Chester levantou o olhar para ela por um breve momento, depois voltou a encarar a lista de exercícios.

— Só diferentes. Sei apenas o que me contaram. — Ele deu de ombros novamente. — Mas, enfim, os moradores do Arbusto nunca gostaram muito da minha família.

Red o observou com atenção, se perguntando se havia algo que ele estava escondendo. Mas acabou dizendo:

— É mesmo uma pena.

— Uma pena que eles não gostassem de mim ou que eu não tenha encontrado minha função?

— As duas coisas, acho. Todo mundo tem um propósito ao qual servir.

— E qual é o seu então, Alerta Vermelho? — disse Chester com certa indignação.

Red apertou o lápis na mão.

— Bem, para começo de conversa, sou filha da Rainha.

— Mas que *sorte* a sua. — Chester terminou a lista de exercícios com um gesto teatral, respondendo COMA-ME a uma questão sobre como um biscoito podia mudar o tamanho de uma pessoa, justamente a que tinha deixado Red encafifada. — Que bom que encontrou um caminho que te sirva tão bem.

Red abriu a boca, mas, antes que pudesse responder, Maddox bateu palminhas de novo.

— Infelizmente, não temos mais tempo hoje — anunciou o professor. — Os exercícios, os exercícios. Isso, passem as listas para cá. Prestem atenção: logo vocês vão trabalhar nas mesmas duplas de novo, porque quero que façam o dever de casa juntos. Devem fazer três experimentos mágicos e compará-los às teorias científicas que discutimos em sala. Ponderem as perguntas clássicas: magia e ciência são a mesma coisa? Uma coisa anula a outra? Será que existe mesmo uma resposta correta? Mas não se preocupem — falou ele rindo —, não serei *muito* chato na correção. Ou serei... Fazer o quê?

Red se abaixou para pegar a mochila, depois se virou para dizer mais alguma coisa a Chester, mas foi pega de surpresa ao ver que ele já tinha ido embora.

Capítulo 5

Um experimento do País das Maravilhas

Red não viu nem a sombra de Chester pelo resto daquele dia, embora tivesse procurado por ele nas aulas de Enigmas, Etiqueta e Princípios do Manejo de Cartas. Ela deu uma olhada no jardim a caminho do campo de croqué para a aula de Educação Física, a última do dia, e pensou ter visto um sorriso largo nas sombras de uma das árvores que cercavam o gramado verde da escola, mas concluiu que não era nada quando se aproximou.

A menina guardava o material no fim do dia e se perguntava como faria o projeto de Maddox, quando Chester apareceu ao lado da porta de seu armário.

— Pelo naipe de Copas! — exclamou Red, sobressaltando-se. — Precisa mesmo assustar as pessoas assim?

— Foi mal. — Chester sorriu. — É mania. Pronta pra fazer o projeto?

Red jogou a mochila sobre o ombro.

— Você está? Sumiu o dia todo, eu nem consegui te encontrar.

— Prefere uma magiazinha comum ou poções? — perguntou o garoto.

Red franziu a testa, e depois respondeu com firmeza:

— Poções.

— Beleza. — Chester seguiu na direção do laboratório de Maddox, com as mãos enfiadas nos bolsos. — Não temos o mesmo horário — falou, explicando sua ausência. — Mas eu tenho mesmo o costume de tomar um chá de sumiço. Este primeiro dia foi um pouco exaustivo. Para ser sincero, fiquei meio entediado.

A garota parou de andar.

— Você não matou aula, matou?

Chester deu um sorrisinho maléfico.

— Por quê? Você me deduraria se eu dissesse que sim?

Red abriu a boca, depois a fechou e fez cara feia. Um jovem do País das Maravilhas bancando o espertinho com ela provocava-lhe um sentimento estranho, quase desconcertante.

— Não. Pra falar a verdade... ficaria é impressionada. Acho que ninguém nunca teve coragem de matar aula antes.

Chester deu de ombros, e os dois continuaram a andar.

— Manter a postura ereta numa cadeira dura o dia todo não é lá minha praia. Não sei como vocês conseguem.

— Não sabe qual é a punição? — perguntou Red. — Para *qualquer* tipo de mau comportamento? Pelo naipe de Espadas, não acredito que não te pegaram.

— O quê? — debochou Chester. — Vai ser um "cortem-lhe a cabeça" para depois a botarem de volta ao contrário? Valetes me livrem. Nunca mais conseguiria ver as horas no relógio direito.

Red revirou os olhos.

— Não, bobão. Você tem que ficar sentado numa sala copiando a declaração de missão da minha mãe cem vezes.

— Não me parece ser tão ruim assim.

— Não é ruim, é... e falo com propriedade... um *pesadelo*. Ela contradiz a si mesma, perde o fio da meada... "O País das Maravilhas é um lugar manxômico de importação e exportação, subidas e descidas. O Castelo da Rainha de Copas visa a implementar melhorias na vida de todos os cidadãos por meio de legislações frumiosas que calubam cada sapo-mordomo e baluvem cada ave Jubjub…

— Nossa!

Red sacudiu a cabeça, sentindo uma dorzinha de cabeça começando a aparecer só de pensar.

— É uma baboseira sem fim, os neurônios chegam a dar nó. Quem comete uma ofensa realmente grave, além da repetição, também precisa escrever uma redação sobre o significado da declaração.

— Acho que treinar um pouco a caligrafia não seria o fim do mundo.

— Veremos — grunhiu Red.

Ela própria nunca sofrera aquela punição, mas sabia melhor do que ninguém como as palavras da Rainha podiam ser frustrantes, considerando que literalmente morava com ela.

Os dois enfim chegaram à sala de aula, e Chester abriu a porta para Red. Maddox deixava o laboratório aberto a fim de incentivar que os alunos o frequentassem à vontade para fazer pesquisas e realizar experimentos. Por sorte, nada ali dentro era muito perigoso. No entanto, é claro que os demais estudantes do Colégio do País das Maravilhas iam direto para casa depois das aulas, então os dois tinham a sala toda para si.

Chester enfiou as mãos nos bolsos e se inclinou sobre uma das mesas do laboratório.

— Posso te fazer uma pergunta?

— O quê? — rebateu a garota, cautelosa.

— Se as imposições da sua mãe são tão… impopulares, você nunca chegou a conversar com ela sobre mudá-las?

Red soltou uma risada curta de surpresa. Decidiu naquele momento que não se importaria com as respostas espertinhas nem com as provocações. O menino era tão ingênuo quanto uma criança, chegava a ser fofo.

— Ai, ai... seu nome é Chester, né? Você não entende, mesmo. Não dá pra *falar* com a Rainha de Copas. Não, não. O que ela diz é lei. O máximo que dá para fazer é sair pela tangente.

Quando era mais nova, Red se ofendeu pessoalmente com o decreto que estipulava uma proibição de lanchinhos para crianças logo antes da hora de dormir. Quando ela tocou no assunto com a mãe, a Rainha simplesmente a ignorou, como se a menina não tivesse dito nada.

No fim, Red desistiu. Ser tratada como invisível cansava.

Chester botou os próprios livros sobre a mesa do laboratório.

— Mas por que é que as pessoas dão ouvidos a ela?

Red deu de ombros.

— Acho que você pode fazer tudo quando tem tanto poder assim.

— É, vai ver que sim. — Chester suspirou e pegou a apostila. — Aqueles soldados-cartas nunca pensam por conta própria não, hein?

— É o trabalho deles não fazer isso.

O tópico que envolvia sua mãe era delicado, então Red mudou de assunto.

— Agora vamos à magia. À magia e à ciência. Por onde começamos?

— Sempre curti os clássicos — respondeu Chester, abrindo o livro de poções na página que dizia *Para diminuir ou crescer*. — E nunca tive a chance de fazer essas coisas básicas em casa. Meus pais não tinham acesso a esse tipo de ingredientes.

Ele olhou para as prateleiras de Maddox, repletas de frascos curiosos e corantes misteriosos. Foi a vez de Red sorrir.

— Justo — concordou, pegando algumas coisas da prateleira: gordura de minhoca, moedas do bolso de um defunto, cuspe de bruxa, força de vontade... tudo que um cidadão exemplar do País das Maravilhas deveria ter a postos. — Certo. — Red colocou tudo sobre a mesa. — Agora vejamos...

— Não sei não, hein? — Chester coçou a cabeça, batendo a mão na orelha. — De ciência eu até entendo, mais ou menos, mas como é que essas bugigangas podem mudar o tamanho de uma pessoa?

— Sabe, o sr. Maddox diz que a linha entre ciência e magia é bastante tênue — falou Red, acendendo o bico de Bunsen e dando uma olhada na receita antiga da apostila. — Será que magia é só um tipo de ciência que a gente ainda não consegue explicar? Ou a ciência é uma forma de magia que tentamos a todo custo analisar à exaustão?

— Isso me deu uma dorzinha de cabeça — respondeu Chester.

— Aposto que esse é o objetivo dele com essa tarefa — murmurou Red.

— Espera aí...

— O quê?

— Você não tinha que colocar a força de vontade *antes* do cuspe de bruxa?

Red mordiscou o lábio.

— Eu achava que não, mas a ordem também não é muito específica aqui...

— Eu achava que sim. — Chester fechou a cara. — Para que o desejo tenha tempo de ferver, né? Pelo menos foi assim que sempre vi as pessoas fazendo.

— Quantas vezes já viu outras pessoas fazendo poções de encolhimento, sr. Eu Nunca Tive a Chance de Fazer Essas Coisas Básicas?

— Sei lá. Nas histórias e coisas assim.

— Bem, agora já coloquei uma colher de chá... — Red se distraiu com o restante da receita.

— E se a gente colocar uma agora e deixar a outra pra depois? — Chester deu de ombros. — Não deve fazer tanta diferença assim.

Red ergueu as sobrancelhas e deu de ombros também. Em seguida, os dois colocaram um monte de melecas e séruns na mistura borbulhante. Um cheiro indescritível, muito específico — como uma tigela de sopa sorvida do lado direito da mesa durante um dia chuvoso do mês de maio —, logo se espalhou pela sala.

Red desligou a chama e mexeu com cuidado, mergulhando uma colher na poção.

— Quer experimentar? — perguntou.

— Me deseje boa sorte. — Chester tomou a colherada toda de uma só vez. — Hum — falou. — Que estranho. Tem gosto de... *grande*.

— Como é que algo pode ter gosto de grande?

De repente, porém, a mão esquerda de Chester inflou até ficar do tamanho de uma bola de basquete.

— Ahhhhhh! — o garoto gemeu. A voz dele falhou e ficou grossa no meio do grunhido conforme o peito estufava e a cabeça inchava. — Pelo naipe de Ouros! — conseguiu dizer, balançando a cabeçona enquanto o resto do corpo ganhava novas proporções e começava a crescer. — O que está acontecendo?

Red arquejou, tentando reprimir o riso que ameaçava explodir de sua garganta.

— *Talvez* a gente tenha feito algo errado.

— Ah, você acha?!

Red vasculhou a apostila, procurando vorazmente uma resposta enquanto a cabeça de Chester batia no teto. Suas proporções agora estavam normais, mas ele continuava a crescer. O menino gigante se sentou no chão, desviando a cabeça das lâmpadas que balançavam.

— Tá! — exclamou Red. — Hum... olho de salamandra, pena de borogove... Isso deve ajudar. — No entanto, enquanto mexia a poção às pressas, um pouco do líquido respingou em seu rosto. Ela tossiu, inalando a fumaça.

Chester começou a crescer ainda mais. Na verdade, a sala toda, a mesa do laboratório e...

Red grunhiu e deu um tapa na testa.

— Tô encolhendo, né?

Chester assentiu rapidamente, reprimindo uma risada. Red tentou pegar o bico de Bunsen, mas não conseguiu, pois de repente era do tamanho de uma criancinha.

— Não alcanço! — reclamou.

— Deixa que eu pego — falou Chester, mas, com a mão gigante, derrubou todo o aparato e os frascos da mesa. A poção caiu dramaticamente na perna da calça dele.

— Você tá bem? — perguntou Red afoita, cobrindo o rosto.

— *Pffffff* — deixou escapar Chester, observando a perna esquerda, e só ela, diminuir mais do que o normal. O tecido da calça ficou sobrando. — Como somos *péssimos* nisso!

— Bem, pelo menos agora está tudo aqui embaixo — falou Red, endireitando o bico e ficando na ponta dos pés para colocá-lo de volta na tomada. Ela tomou cuidado para não encostar no líquido que tinha sido derramado. — Vejamos. Talvez, se a gente refizer isso de trás para a frente... Chester cobriu a bocona com a mão enquanto piscava.— ... a gente consiga de alguma forma voltar ao normal.

O garoto assentiu com rapidez e fez um som de engasgo.

— Que foi? — perguntou Red, irritada.

— Desculpa, sei que está falando toda séria agora, mas você... tá parecendo... — E a risada explodiu, preenchendo todo o ambiente. — Você parece uma menininha de dois anos com um kit de brinquedo. Não consigo...

Red queria ficar brava, mas de repente uma risadinha lhe escapou pelo nariz também.

— Ah, para, vai! — reclamou, rindo. Mas era verdade. Os béqueres estavam grandes como jarros de água nas mãozinhas diminutas dela, e o bico de Bunsen à sua frente mais parecia um fogão.

— *Pequenininha!* — debochou Chester, juntando o indicador e o polegar e olhando pelo espaço entre os dois.

Red não deu conta. No segundo seguinte os dois estavam gargalhando, batendo na perna e com falta de ar. Só depois de vários minutos tentando se recompor e sucumbindo de novo foi que conseguiram medir os ingredientes e tentar a poção de novo. Precisaram ainda de várias outras sessões de tentativas, erros e membros oscilando de tamanho antes que Red e Chester voltassem ao normal.

— Bem, minha boca ainda parece maior do que de costume — falou Chester, mexendo o queixo e dando um sorriso largo. — Mas isso só significa que vai ser mais fácil comer sanduíches.

— Até que tá bom. — A menina riu. — Acha que já temos material suficiente para escrevermos um relatório sobre a questão ciência versus magia?

— Acredito que sim. — Chester coçou a cabeça. — Quero dizer que a magia foi imprevisível, mas os resultados mudaram de acordo com os ingredientes usados e a ordem da mistura.

— E no fim das contas *fomos* bem-sucedidos — ponderou Red. — Então nossa loucura teve um certo método, digamos assim.

— Acho que a gente pode conseguir um dez com o Maddox, hein?

Limparam os equipamentos do laboratório e guardaram tudo, depois pegaram os próprios pertences. O colégio já estava silencioso e vazio, mas pareceu ficar ainda mais depois de todo o caos do experimento deles. Nem mesmo os mome raths estavam na escola deserta.

— Sabe — falou Chester enquanto caminhavam —, se tivéssemos acertado a poção logo de cara, não teríamos aprendido uma coisa. Desde que saímos do laboratório, estive pensando na relação entre ciência e magia, mas sei que não estaria se aquela bagunça toda não tivesse acontecido.

— Sempre pensei que ciência era ciência e magia era magia — concordou Red. — Mas talvez seja mais complexo que isso.

— A maioria das coisas — falou Chester baixinho — não é preto no branco.

A garota o observou, ponderando se ele se referia à inescapável paleta de preto, branco e vermelho do castelo de sua mãe. Chester, porém, estava apenas focado no caminho à frente, aparentemente imerso em pensamentos.

— Desculpa ter te chamado de Alerta Vermelho — falou ele de repente. — Não foi muito legal da minha parte. Você não é tão assustadora quanto sua mãe.

— Há-há — respondeu a menina. — Não foi nada de mais. Achei até engraçado. Desculpa ter ficado tão na defensiva pelo meu papel também.

— Bem, você tem direito de se sentir assim. Não gosta muito dele, gosta?

Red suspirou.

— Ficou tão óbvio assim?

— Talvez não seja óbvio para todo mundo. Mas você sempre pode abandoná-lo, sabe, se quiser.

— É o que estou tentando fazer. Você me parece ser alguém muito bem resolvido em relação a isso.

Chester a encarou.

— É bom e ruim ao mesmo tempo. Qualquer hora posso te ajudar, se estiver a fim.

Eles chegaram à bifurcação da trilha que se estendia para o castelo da Rainha. Os dois pararam e se entreolharam com cautela. Red pensou em seus planos rebeldes e em como teria pouco tempo para implementá-los.

— Estou interessada — falou ela, levantando o queixo.

— Então tá bom. — Chester assentiu. — Até amanhã, Red.

— Até amanhã.

Ela observou Chester acenar e seguir pelo caminho que ia escurecendo. O sorriso largo do garoto brilhou de leve na luz fraca do crepúsculo antes de desaparecer por completo.

Capítulo 6

O Olhar

Red estava acostumada a seguir uma rotina quando voltava para casa todos os dias. Jogava a mochila na escrivaninha do quarto, fazia imediatamente o dever de casa que precisava ser feito, trocava de roupa e arrumava o cabelo antes do jantar.

Contudo, naquela noite, foi acometida por uma sensação estranha. Jogou a mochila na escrivaninha, depois jogou a si mesma na cama em formato de coração, sem nem pensar na lição de casa.

Sua mente estava a mil. Ela precisava fazer alguma coisa para escapar daquela prisão que chamava de vida. Por que é que a mãe e todo o reino ridículo eram tão obcecados por perfeição? No entanto, o tempo estava se esgotando. Red parecia nunca ter o suficiente dele.

Ficou deitada ali, imersa em pensamentos, por tanto tempo que logo ouviu uma comoção no corredor. Foi então que a Rainha de Copas apareceu de supetão à porta com as mãos nos quadris.

— Querida! — falou. — *Aí* está você. O que é que está acontecendo, hein?

Red estremeceu, levantando-se sobre os cotovelos na cama.

— Nada. Por que a pergunta?

— Ora essa, fiquei dez minutos plantada te esperando na mesa para o jantar. Você está deixando a comida esfriar.

— Nossa! — Red piscou algumas vezes para se situar. Já era mesmo hora de comer? Suspirou com pesar, pois mais uma vez o tempo lhe escapara entre os dedos. — Desculpa, mãe. Já me apronto.

A Rainha semicerrou os olhos para a filha enquanto Red saía da cama e se dirigia ao guarda-roupa.

— Está se sentindo bem? — perguntou a Rainha.

— Sim, claro.

— Você me parece tão... — A Rainha fez uma careta enquanto procurava a palavra mais apropriada. — *Blé* — concluiu, furiosa. — Está me deixando mal-humorada.

— Tá tudo certo, mãe.

— Que bom, então. — A Rainha de Copas se sentou à escrivaninha de Red e passou a mão pelo vestido coberto de rosas. — Porque temos *muito* a discutir.

— Temos?

— Pode apostar! Há tantos preparativos a serem feitos para a Cerimônia do Chá.

Red se deteve, passando os dedos pelo cabelo ondulado.

— Tipo o quê?

A Rainha arregalou os olhos.

— Como aprender a fazer um decreto real, meu bem. Não é *tão fácil* quanto parece, sabia? São necessárias diligência e criatividade no que tange à implementação de leis, o que vai além do discurso. A partir de amanhã, todos os dias após a aula, você vai passar por um treinamento real comigo e as cartas. Temos apenas duas semanas para te deixar tinindo.

Foi a vez de Red fazer uma careta, fechando a porta do guarda-roupa e calçando suas pantufas. Ela ficou parada próximo à cama, de braços cruzados.

— Então ainda não estou tinindo?

A Rainha de Copas revirou os olhos.

— Ô, minha filha… olhe só para você.

— O que tem?

— Você… — A Rainha estalou os dentes e uniu os dedos, pensativa. — Querida, você entende. Você não está pronta. Parece mais um gatinho domesticado, não a princesa do reino.

Red olhou para o espelho que ficava sobre a penteadeira, onde podia ver seu reflexo junto ao da mãe. Ao lado da Rainha de Copas — com seu vestido escarlate, capa preta e uma presença imponente —, Red usava uma jaqueta curta vermelha por cima da camisa arrastão de sempre. A diferença entre as duas era imensa. Ainda assim, havia algo desconcertante no formato do maxilar de ambas; na forma como os ombros delas se curvavam numa singela corcunda, como se na defensiva; no formato do nariz. Essas coisas eram semelhantes demais para o gosto de Red.

A menina colocou os braços ao redor do corpo e deu de ombros.

— Bom, acho que posso me vestir como você. Não preciso de um treinamento formal para isso.

A Rainha riu com desdém, bufando.

— Pois se acha mesmo que se vestir de acordo com o papel é tudo que cabe a uma governante, isso só me mostra *quanto* precisa mesmo de instrução.

Red não respondeu.

— Entendo como está se sentindo. — A Rainha deu um sorriso doce no espelho e ficou de pé, acariciando o cabelo da filha. — Você está com pé-atrás em relação à cerimônia. O nervosismo acomete todo mundo diante da ideia de assumir os holofotes da realeza. A coroa é pesada, como diz o ditado. Seus avós sentiram a mesma coisa, e eu, sem dúvida... — Ela fungou. — Quer dizer, não fiquei nervosa, não. Ainda assim, acredite em sua mãe: quando se sentar naquele trono e ouvir todos os súditos bradando seu nome, e ver todos aglomerados e souber que tem poder sobre *cada uma* daquelas cabecinhas... aí sim. — Os olhos da Rainha brilharam à luz da luminária na escrivaninha de Red. — Verá como é um sentimento implacável.

Red espremeu os lábios para dar um sorriso de concordância.

— Ahhh! — A Rainha deu um gritinho, batendo palminhas e assustando a filha. — Mal posso esperar para você começar!

E começaram mesmo. Já no dia seguinte, após a aula, no Salão de Bailes. Era o recinto enorme do castelo onde ficavam os globos, os equipamentos esportivos, aquários e todos os outros objetos que a Rainha havia banido do País das Maravilhas por não serem pontudos e angulares o suficiente. Porcos-espinho, é claro, continuaram sendo permitidos.

Se Red estivesse esperando tutores e treinadores, ela teria quebrado a cara. Não havia mais ninguém no salão exceto a mãe, alguns soldados-cartas e um dos sapos-mordomos da Rainha.

A garota tinha tentado parecer um pouco mais apresentável, e por isso vestira uma jaqueta de capuz vermelho além da típica calça de couro preta e vermelha. Não sabia o que esperar, mas queria se sentir confortável, já que estava sendo obrigada a passar por aquilo. Seu cabelo vermelho caía sobre os ombros, mas ao menos estava penteado.

A Rainha, por sua vez, tinha escolhido um modelito mais chamativo, um penhoar de seda vermelho brilhante com ombreiras volumosas.

— Ah, mas que alegria! — exultou. — Há tanto a aprender, tanto a ser feito!

Red deu um sorrisinho fraco.

— Pensei muito sobre por onde começaríamos — continuou a Rainha de Copas. — E decidi que tudo que eu possa te ensinar será perda de tempo sem O Olhar.

— O olhar?

— O Olhar. — A mãe de Red limpou a garganta, endireitou o corpo, ficando mais alta, arqueou as sobrancelhas, franziu os lábios e olhou para o Salão de Bailes com os olhos semicerrados em puro desdém. A Rainha não precisou dizer mais nada, porque Red conhecia O Olhar bem demais.

— Ah, *esse* olhar — murmurou.

A Rainha estalou os lábios e os dedos.

— Cartas!

Dois dos soldados-cartas saíram de seus postos, levantando um espelho do outro lado do salão e o levando para perto de Red.

A Rainha de Copas se aproximou da filha, e mais uma vez Red se sentiu atordoada ao ver o reflexo das duas, lado a lado.

— Levante o queixo, abaixe os olhos — disse a Rainha em seu ouvido. — Mais alto. Mais atrevida. Aja como se não desse a mínima, porque se importar com as pessoas apenas lhes dá poder sobre você. Indiferença? Isso sim lhe garante permanecer com o poder.

Red respirou fundo e fez o melhor que pôde. Estremeceu, sabendo que tinha cara de alguém que se importava *muito*. Obviamente ela ligava para o fato de que todo mundo parecia ter medo de virar amigo dela. E não queria ser igualzinha à mãe. Queria ter vida própria!

Com o que Red não se importava? Fazer o decreto real e participar daquela baboseira de Cerimônia do Chá.

— *Aí está!* — exclamou a Rainha de Copas assim que o pensamento passou pela cabeça de Red. — Mantenha o rosto assim, desse jeitinho mesmo! O Olhar deve permanecer por todo o restante do seu treinamento. Lembre-se exatamente de como está se sentindo agora e mantenha o sentimento.

Red sentia que não seria fácil esquecê-lo.

Capítulo

7

Liberdade

O treinamento real durou mais de uma hora e, ao final, Red se encontrava exausta. Além de O Olhar, também praticaram frieza, deboche e, em uma lição mais prática, como arrumar a mesa.

Agora, Red olhava com relutância para o dever de casa, que ela não tinha tido oportunidade de fazer ainda; estava desenhando na margem de uma folha de exercícios de enigmas, tentando decifrar uma pista particularmente complexa, quando algo atingiu o parapeito de sua janela aberta.

A garota pulou de susto, fazendo os livros da escrivaninha tombarem; seu quarto ficava na torre mais alta do castelo. Ficando de pé, paralisada, ouviu um farfalhar e o som de sussurros. Então pegou um taco de croqué extra que deixava no guarda-roupa e o segurou sobre o ombro como se fosse um taco de beisebol. Ia na ponta dos pés rumo ao parapeito quando outro objeto voou de fora para dentro do quarto, passando de raspão por sua cabeça.

Era um sapato. E bem sujo de lama.

Red o pegou e perscrutou a escuridão do lado de fora da janela com o taco de croqué a postos. Seja lá o que esperava ver, certamente não era Chester e outro garoto que ela não reconheceu pendurados na hera grossa que crescia pela torre ao lado do quarto de Red.

— Preciso que me devolva isso — falou Chester, apontando o sapato com a cabeça.

— O que é que você está fazendo aqui, pelo amor do Valete? — sibilou a menina.

Chester deu seu sorriso de praxe.

— Eu falei que te mostraria como se libertar. Bem, aqui estamos nós.

— "Nós" quem? Quem é esse aí?

— Ah, é o Ace — respondeu Chester. — Ele também estudava em casa.

O garoto abaixo dele acenou, preso em vinhas e na escuridão.

Red balançou a cabeça e deixou o sapato no parapeito.

— Essa *não é* uma boa ideia.

— Claro que é. Eu e o Ace subimos até aqui e, no geral, o caminho é... — ele sacudiu o ramo de hera em que se segurava — ... bem firme.

— Alguém vai ver vocês!

— Então precisamos nos apressar.

Chester lançou um sorriso perverso para Red e desceu com o outro garoto. Estava descalço, e a garota deduziu que o outro sapato caíra lá embaixo.

Ela resmungou, olhando de relance para a porta do quarto atrás de si e depois para a lição de casa incompleta. Sua mãe provavelmente já tinha se recolhido para fazer suas afirmações diárias — *Todo mundo a acha a todo-poderosa. Você tem poder sobre todo o País das Maravilhas. Penteados em formato de coração estão na moda, agora e sempre.*

Red tinha fugido do castelo muitas vezes, mas nunca com outras pessoas. Estivera sozinha em todas as vezes anteriores.

Amarrou os cadarços de Chester num laço, pendurou o sapato no punho e subiu no parapeito. A torre coberta de vinhas só ficava a cerca de meio metro de distância, o que do alto parecia uma distância muito maior. Havia outros modos de sair do castelo, passagens secretas que Red já usara antes para evitar a mãe e que não envolviam o risco de cair nem partir dessa para uma melhor. No entanto, algo lhe dizia que Chester não ia gostar de ficar sabendo disso àquela altura do campeonato.

A garota olhou para baixo, o que foi um erro tremendo; o labirinto de cercas-vivas parecia turvo diante de seus olhos. Ela só conseguia distinguir a entrada do túnel subterrâneo do castelo, parecida com uma caverna, que ficava logo ao lado. Havia boatos de que os túneis antigamente eram usados para entregas discretas durante bailes e festas do chá. Agora a caverna era adornada pela água suja da chuva e por teias de aranha. E parecia estar… girando? Red agarrou a lateral da janela para se apoiar.

— Vai dar certo! — Chester sussurrou alto de algum lugar abaixo dela. — Você consegue, vai na fé!

— E se eu botar o pé no lugar errado? — protestou ela. — Não que você consiga me pegar.

— Se chegar a tanto, a gente vê o que faz. Vai, vou contar até três.

Red fechou os olhos e inspirou fundo o ar da noite.

— Um — começou o garoto. — Dois. Três…

E ela pulou, sua primeira tentativa de um salto de sacada, graciosa e leve. Em questão de segundos, estava em segurança a caminho do chão, perto dos outros dois. Chester lhe ofereceu a mão, e Red saltou o último metro.

— *Consegui!* — sussurrou, o coração martelando no peito. Estava sentindo um pico de animação.

— Conseguiu! — Chester sorriu, pegando o sapato de volta e se virando para o outro menino, que tinha o cabelo preto e encaracolado. Talvez fosse a adrenalina que ainda corria pelas veias de Red, mas os olhos castanhos dele pareceram brilhar na luz fraca que escapava pelas janelas do castelo. — Red, este é o Ace. Ele sempre topa uma aventura, então achei que seria uma boa influência.

— Você detonou naquelas vinhas — falou Ace, sorrindo e cumprimentando Red com um aperto de mão. Ao fazê-lo, algumas cartas escorregaram de dentro de sua manga. — Opa! Elas são pra depois.

— O Ace gosta de truques com cartas — revelou Chester com uma piscadinha.

— Muito prazer — falou Red, ofegante, de repente consciente do cabelo emaranhado pelo vento e da jaqueta de couro amarfanhada. E se sua mãe estivesse certa e ela se parecesse mesmo com um gato domesticado? Alisou o cabelo e a roupa e arrancou uma folha de hera do cabelo. — Como vocês dois conseguiram passar pelo labirinto?

— Bem — disse Chester —, detesto admitir, mas chegamos faz umas três horas. Levamos a vida inteira para atravessá-lo.

— Como sabiam qual era a minha janela?

Chester deu um risinho nervoso.

— Hum, não sabíamos. Mas não havia muitas opções, então foi um chute certeiro. A princípio, ficamos com medo de que pudesse ser o quarto da sua mãe, por causa da decoração de corações, Rainha de Copas, essas coisas, mas quando chegamos mais perto vimos que era o quarto de alguém da nossa idade.

— A decoração não foi ideia minha — resmungou a garota.

O castelo era infestado de corações. Ela não gostava do fato de que as pessoas podiam confundir o quarto dela com o da mãe, e se sentiu um pouco envergonhada por eles o terem visto — estava pensando em específico nos pôsteres da Banda das Sereias que cobriam a porta do guarda-roupa —, mas ao menos tinham visto *alguma coisa* ali dentro que indicava que o quarto era dela.

— Mas e aí, qual é o plano? — perguntou.

— Não temos um plano. — Ace deu de ombros. — Libertar você era nossa missão principal. Agora podemos relaxar.

— Acho que é melhor eu mostrar a vocês como sair pelo labirinto antes que escureça — propôs Red.

Eles seguiram depressa. A garota fazia curvas decisivas, dignas de uma especialista, ao passarem pelas cercas-vivas. Não demorou até que tivessem ido parar no Bosque Real, a leste do castelo, próximo à bifurcação onde Red e Chester haviam se separado no dia anterior. Red já percorrera aquelas trilhas muitas vezes, mas, de alguma forma, daquela vez em particular havia certa magia e empolgação no ar.

Perambulava pelo castelo quando não devia, o que sempre lhe dava uma alegria clandestina.

— Bom trabalho.

Chester levantou a mão para bater na dela em comemoração.

Os três se sentaram próximo ao tronco da árvore de Tumtum, cujos galhos balançavam na brisa da noite.

— Valeu, Chester. Estava precisando disso — agradeceu Red, sentando-se de pernas cruzadas e se apoiando com as mãos atrás do corpo. — Sabe, é uma pena… que todos os outros adolescentes do País das Maravilhas não possam viver coisas assim. São um bando de medrosos certinhos.

Chester ergueu a sobrancelha.

— Todos eles?

Red suspirou.

— Basicamente. Vocês são os únicos que conheço que não são assim.

— *Eu* nunca fui de seguir regras — falou Ace, cutucando um pouco de grama e embaralhando as cartas que tinha na manga. Embora estivessem na floresta, o gramado ali ainda era aparado e bem cuidado. Ajeitado e organizado, como tudo no País das Maravilhas. — Se bem que nunca frequentei uma dessas escolas mantidas pela realeza. Talvez a história fosse outra se tivesse frequentado.

— Acho que meio que enfiam isso na nossa cabeça, mesmo — ponderou Red.

Boca fechada, ouvidos abertos; era a segunda coisa que ensinavam, logo depois de falarem sobre a Guerra das Rosas. Ela pensou no menininho na antifesta no jardim, que tinha sido corajoso o bastante para roubar uma tartelete. Será que ele tinha algo que faltava aos demais? Ou será que aquele impulso rebelde existia em todas as crianças criadas ali?

— A vida toda eu dei escapulidas, mesmo sem a ajuda de vocês — disse Red, pensando alto. — Vocês... vocês por acaso acham que os demais querem fazer coisas assim? Acham que o fariam se tivessem chance?

— Hum. — Chester traçou um padrão na grama com um graveto. — Teriam que ter a motivação certa. Às vezes encaro os olhos dos mais novos e penso: não tem nada ali. Não passam de robôs, todos eles.

— Meu tio é um soldado-carta — interveio Ace. — Quase nunca recebemos notícias dele. Mas meu pai diz que é porque a Rainha quer que as cartas sejam um único baralho em vez de indivíduos, como se todos pensassem de maneira igual. Ele diz que bastaria uma ou duas cartas terem opiniões sobre como as coisas deviam *de fato* funcionar para que o mesmo sentimento se espalhasse feito incêndio. Um efeito cascata, foi como ele chamou, o que significa que um pequeno número de cartas atrevidas podiam causar a queda de todo o castelo. — Ele levantou uma sobrancelha para Chester, depois para Red. — Se um dos jovens no País das Maravilhas se rebelar... talvez todos os demais façam o mesmo.

Red sentia o ritmo das batidas do coração aumentando gradativamente enquanto ele falava. Será que estava entendendo direito? Talvez Red nunca tivesse desejado ser a líder do País das Maravilhas, mas ser a líder dos rebeldes... Isso, sim, lhe soava bem.

— Interessante — murmurou Chester. — Se um soldado-carta rebelde conseguisse comover todo o exército — ele olhou para Red —, o que será que uma herdeira ao trono poderia fazer?

— Hum — respondeu a menina. — Mas como será que implementaríamos um golpe? Ace, você devia ver como as pessoas ficam nas antifestas. Paradas por horas, ignorando o bolo e os presentes... a coisa tá *feia*.

— É isso! — gritou Ace.

— O quê?!

O sorriso dele em resposta foi diabólico.

— A gente dá uma festa!

Chester o encarou, surpreso.

— Uma festa de verdade? — perguntou Red. — Não uma antifesta? Nem sei se já fizeram isso no País das Maravilhas antes.

— Pode ser que dê certo — falou Chester, coçando o queixo, pensativo. — Já ouviu falar das festas de Auradon? — Ele abriu os braços. — Pizza, nachos, sorvete... tudo. Música alta, dança. Dá pra fazer o que você quiser lá.

Red ponderou o que ele dizia, ansiosa. As festas de Auradon não passavam de rumores, geralmente repassados em sussurros por adultos e soldados-cartas chocados, mas lhe soavam tentadoras. Uma festa dessas podia abalar as estruturas do País das Maravilhas.

— E onde seria? — perguntou Red. — Os jardins comportariam a maior parte dos alunos do Colégio do País das Maravilhas, mas lá chamaríamos muita atenção.

— Chamaríamos muita atenção em vários lugares — falou Chester. — A quadra da escola não seria uma boa ideia. E, apesar de ter um tamanho legal, imagino que o castelo também esteja fora de questão, Red.

— E aqui? — sugeriu Ace.

Os outros dois olharam para ele.

— Tipo, não *exatamente* aqui — esclareceu. — Mas no Bosque Real. A floresta é grande o bastante para não sermos vistos do caminho nem do castelo. Aposto que a gente consegue encontrar uma clareira onde poderíamos fazer todo o barulho que quiséssemos.

— Gostei da ideia — disse Chester, um sorriso surgindo lentamente em seu rosto. — Acho que as pessoas vão conseguir se divertir mais se estiverem longe de um lugar onde a Rainha ou os soldados-cartas poderiam nos encontrar. Sem ofensas, Red.

— Não me ofendi. — Ela suspirou. — Concordo.

— Então tá decidido — concluiu Ace. — Vamos mesmo fazer isso! Podemos trocar ideias, e a gente começa a planejar amanhã depois da aula, que tal?

— Topo! — respondeu Red. Ela sorriu quando os três trocaram apertos de mão para selar o pacto.

— Preciso voltar — disse Ace. Ele sorriu para Red. — Prazer em te conhecer, Antiprincesa!

Red pigarreou.

— Foi um prazer conhecer você também! — respondeu, um pouco animada demais, enquanto ele acenava e seguia pela floresta.

— Preciso ir nessa também — falou Chester. — Mas, ei, Red… — Ele afastou do rosto a franja comprida, parecendo um tanto acanhado.

— O quê?

— Subestimei você. Não sabia se ia descer pela janela com a gente hoje ou mandar seus soldados-cartas virem atrás de nós dois.

Aquilo foi doloroso de ouvir.

— Ah, para, vai — respondeu a menina baixinho. — Não são "meus" soldados-cartas.

— Sei disso. — Chester assentiu. — E sinto muito. Quer dizer, você é filha da Rainha… mas eu estava errado a seu respeito. E Ace, ele tem experiência demais com jogos de cartas para saber quem está blefando ou não. E, para mim, ficou claro que ele confia em você.

Red enfiou as mãos nos bolsos da jaqueta de couro e desejou com toda a força que suas bochechas não corassem.

— Obrigada por isso — disse. — Quero que saibam que *podem mesmo* confiar em mim. Estou do lado de vocês, não do da minha mãe.

Foi estranho dizer aquilo, mas também foi a primeira vez que alguém da idade dela tinha conseguido passar da fase de primeiras impressões com Red. As palavras saíram sem que ela se desse conta.

— Excelente — respondeu Chester, imitando o sr. Maddox, e deu uma piscadinha. — Até amanhã, Princesa.

— Até.

Um sorrisinho surgiu no rosto da garota ao observá-lo indo embora. Ela suspeitava que uma festa como a que planejavam causaria um problemão.

Era justamente o que Red queria.

Capítulo 8

Chá para três

No dia seguinte, entretanto, como se premeditado, os planos de reencontro entre Red e os meninos foram para o brejo. A garota estava sentada na aula do quinto período, História das Festas do Chá, quando um mensageiro do castelo da Rainha apareceu à porta.

— Mensagem para a senhorita, milady — falou, fazendo uma rápida mesura e entregando um envelope selado. As bochechas de Red pegaram fogo por ter chamado tanta atenção em público, e ela sabia que cada colega de turma estaria olhando para ela caso não fossem instruídos a olhar para a frente o tempo todo e a ficar imóveis na carteira durante a aula.

Em seguida, pensou no que ela, Ace e Chester tinham discutido na noite anterior e quase desejou que os demais a encarassem mesmo, sussurrassem, que fizessem alguma coisa que saísse do protocolo.

Red balançou a cabeça e abriu a carta. Dentro estava um bilhete escrito de próprio punho pela mãe:

Red, minha querida,

Entrei em pânico ao me dar conta de como a Cerimônia está próxima e de quanto ainda temos a fazer. Chamei reforços e notifiquei a escola de que, a partir de hoje, você está dispensada do quinto período em diante. Venha para casa assim que receber meu comunicado.

Beijos e corações! ♥ ♥ ♥

Mãe

Red apertou o pergaminho com os dedos, resistindo à tentação de rasgar a carta. O tempo do treinamento real tinha *dobrado*? E ela perderia as aulas de História das Festas do Chá e de croqué pelas duas semanas seguintes? Ora, ela não tinha concordado com isso!

Na verdade, não tinha concordado com nada do que estava acontecendo.

Porém lembrou-se da festa — da festa de verdade que planejava com os meninos — mais uma vez, o que a deixou ainda mais determinada. Quanto mais ela conseguisse tirar a mãe de seu encalço até que os preparativos estivessem concluídos, mais chances tinham de conseguir o que queriam.

Ainda assim, foi com muito pesar que Red guardou o material e deixou a sala de aula. Parou no corredor, ponderando se haveria uma forma de mandar uma mensagem a Chester, mas não sabia ao certo em qual aula ele estava. Além disso, não tinha a mínima ideia de como entrar em contato com Ace — por mais que quisesse fazê-lo.

Red balançou a cabeça ao seguir pela trilha da floresta; a ideia lhe havia ocorrido do nada. Ela não tinha tempo nem energia para ficar de paixonites, e a Rainha poria um fim imediato a qualquer relacionamento dessa natureza com alguém da plebe — e que estudava em casa, ainda por cima. A Rainha de Copas sempre bradava que não havia disciplina e educação melhor do que em seu Colégio do País das Maravilhas, que ela própria fundara e financiava.

Red presumia que sua mãe aceitaria com rapidez um relacionamento entre ela e alguém que fosse de uma família de cortesãos, ou alguém de sangue nobre. Mas talvez, Red suspeitava, fosse apenas mais uma coisa que a mãe viria a reprovar. A Rainha de Copas costumava enfatizar que não se devia confiar em ninguém, e Red tinha certeza absoluta de que o conselho se estendia a qualquer interesse amoroso ostensivo.

Às vezes a menina se perguntava se ele se estendia à própria filha também…

Quando Red chegou ao Salão de Bailes, havia dois rostos novos lá para a cumprimentar. Ela reconheceu as duas garotas recém-graduadas do Colégio do País das Maravilhas, que agora eram aprendizes na corte da Rainha, treinando para serem damas da nobreza que passavam o dia todo sentadas na sala de estar com cara de poucos amigos.

A primeira tinha a altura de Red e um rosto redondo que a garota sabia que seria agradável se não estivesse sempre com uma carranca. Seu cabelo loiro-claro estava arrumado num coque apertado e complicado que parecia absurdamente desconfortável.

A outra era mais baixinha, com um ar tímido e acanhado, e tinha cabelo castanho. Ambas as garotas estavam vestidas de maneira quase tão exótica quanto a Rainha, com tecidos de seda preta e branca com detalhes em vermelho.

— Querida, você chegou! — gritou a Rainha quando viu a filha. — Que maravilha! Quero lhe apresentar essas duas jovenzinhas da corte, que vão me ajudar no seu treinamento: a srta. Twee e a srta. Dora, filha de Dormouse.

Twee fez uma reverência, e Dora ofereceu um sorriso educado que revelou seus dois dentes da frente.

— Oi — cumprimentou Red, analisando as novatas.

Ao longo da vida, a garota tinha aprendido que, quanto mais próximas as pessoas eram de sua mãe, mais estranha era a forma como a tratavam. A teoria foi reforçada ainda mais por Chester e Ace, garotos que haviam passado a vida toda longe do castelo. Red se sentira uma pessoa normal em sua escapadinha com os dois na noite anterior.

— Boa tarde, Princesa Red — entoaram as jovens.

Red assentiu para as duas.

— Podem me chamar só de Red.

— Tenho tanto a planejar — divagou a Rainha de Copas. — Ligar para o bufê, conversar com os zeladores do castelo... Portanto, Twee e Dora vão trabalhar com você hoje.

— Você não vai ficar aqui?

— Volto para ver seu progresso já, já! — garantiu a Rainha. Plantou um beijo na testa de Red e O Olhar voltou a seu rosto. — *Rapazes sapos!* — gritou, chamando os mordomos. — Preciso de sete rolos de pergaminho, agora!

Enquanto a mãe de Red se retirava do salão, Twee e Dora se dirigiram à mesa de chá que fora posta para o treinamento. Sentaram-se com delicadeza, as costas eretas e os cotovelos longe da mesa.

Twee olhou para Red e deu uma batidinha no espaço a seu lado, pedindo que se juntasse às duas.

Red suspirou e foi se sentar, pegando o guardanapo e desdobrando-o sobre o colo.

— De novo — disse Dora.

— Como é? — perguntou Red.

— A dobra. — Twee apontou para o guardanapo de Red. — A dobra tem que ficar de frente para você, e só depois você deve desdobrar o guardanapo completamente.

Red observou as duas a fim de avaliar se estavam brincando com ela. Se fosse o caso, elas fingiam muito bem.

— Mas... será que alguém repararia nisso na cerimônia? — perguntou Red.

— Ah, você ficaria surpresa. — Twee arqueou as sobrancelhas. — Só de pensar na bronca que eu levaria da minha mãe se fizesse como acabou de fazer... Eu, hein?

— Agora — falou Dora —, vamos supor que sirvam ostras. Ostras da Praia Salgada. Qual garfo você usaria?

— Eu não gosto muito de ostras — respondeu Red. Na verdade, ela as achava nojentas. — Podemos usar outro exemplo?

— Não.

Red deu uma olhada na disposição da louça à frente. Havia pratos menores sobre os maiores, cumbucas e talheres de todos os tamanhos. Dora e Twee tinham o mesmo esquema diante de si. Ela vira lugares dispostos assim antes; a Rainha de Copas amava oferecer jantares pomposos, e elas recebiam convidados no Salão Principal com muita frequência. A mãe de Red era rígida sobre tudo — incluindo boas maneiras à mesa.

O fato de que ela tinha levado duas ex-alunas do Colégio do País das Maravilhas para que treinassem Red revelava à menina a importância da Cerimônia do Chá. A Rainha levava as aparências a sério, é claro, mas sua mãe parecia acreditar também que aquele seria um momento crítico na carreira política de Red.

Arriscando um palpite, Red pegou o garfo menor — aquele que sentiu que tinha o tamanho mais apropriado para o consumo de ostras.

— Bom chute — parabenizou Dora.

— E salada? — continuou Twee.

Havia dois outros garfos do lado oposto: um grande, um menor. Folhas grandes eram difíceis de pegar, ponderou Red, então pegou o maior dos dois talheres.

— Errado! — gemeu Dora.

— O garçom traz sorbet — interveio Twee. Quanto mais Red errava, mais maldoso ficava o sorriso das meninas. — O que você usa?

A Princesa tentou não revirar os olhos. Ela sabia o bastante para reconhecer os utensílios de sobremesa perto do prato, mas lhe perguntarem de sorbet já era abuso.

— Certamente tanto o garfo como a colher poderiam ser utilizados, não? — disse ela. — É *sorbet*.

Twee e Dora explodiram em uma série de risinhos.

— Nem pensar! — falou Dora. — É colher! *Sempre* colher.

Red deu um suspiro longo e audível, sem fazer o menor esforço para esconder sua irritação. Pensou em Chester e Ace, que provavelmente estavam em algum lugar na floresta se perguntando onde é que ela estava.

— Sei que estão tentando ajudar e também sei que há uma maneira certa de se fazer tudo isso, mas não entendo mesmo por que isso importa.

Embora a disposição da louça fosse meramente cenográfica, havia chá de verdade em xícaras de porcelana chiques e uma chaleira fumegante no centro da mesa. Twee pegou um cubinho de açúcar de uma tigela e colocou um pouco de leite no chá.

— Conte-me, Red. — Ela bebericou. — Está sendo preparada para liderar; isso já é garantido. Mas como quer ser respeitada enquanto líder?

— Hum… bem… — Red franziu o cenho. — E se eu *não quiser* ser líder coisa nenhuma?

Dora revirou os olhos, de alguma forma conseguindo manter a pose elegante apesar da careta.

— Isso está fora de cogitação.

— Por quê? — indagou Red.

— Sua mãe decretou — disse Dora. — A palavra dela é a lei.

— Você *vai* ser a líder do reino — repetiu Twee. — Quer ser respeitada ou ser motivo de riso? Quer que nunca a levem a sério?

— Respeitada, acho… — respondeu Red devagar.

Twee e Dora trocaram um olhar. Em seguida, Twee continuou:

— Por bem ou por mal, o País das Maravilhas foi construído com base na perfeição. Na disciplina. Se quer ser respeitada, precisa aderir aos costumes que são mais importantes para o reino... perfeitamente.

— As pessoas vão acompanhá-la de perto — acrescentou Dora. — O País das Maravilhas é bom em esconder isso, porque uma conduta correta também significa lealdade perfeita. Mas ninguém recebe mais inspeção do que a realeza. Vemos tudo que acontece com você e sua mãe.

Red sentiu um mau pressentimento misturado com dor de barriga. Ela e Chester tinham brincado sobre a Rainha, e não era surpresa nenhuma para a Princesa a baixa popularidade da mãe. No entanto, Twee e Dora tinham sugerido que mesmo os conselheiros e as damas da corte da Rainha de Copas, que, na cabeça de Red, eram o mais próximo que a mãe tinha de amigos, não aprovavam sua governante. Não aprovavam *mesmo*, talvez.

A Rainha sempre pareceu alheia às críticas — ou ao menos não se importava nem um pouco com elas. Mas deveria saber das más-línguas, não?

E talvez aquelas mesmas damas e cortesãos — todo o País das Maravilhas — acabassem odiando Red também, bastaria um passo na direção errada.

— Enfim! — intercedeu Dora. — Vamos ao modo correto de tomar sopa!

Capítulo 9

Tornando uma antifesta divertida

R ed ainda remoía o treinamento a caminho da escola no dia seguinte quando um rosto familiar passou a acompanhá-la.

— Ei — chamou Chester, correndo pela trilha em direção a ela. — O que rolou ontem? Onde você se meteu? Geralmente sou *eu* quem desaparece do nada sem nem deixar rastro. Eu e o Ace passamos um tempão te esperando.

— Foi mal — murmurou Red. — Minha mãe dobrou o tempo de um treinamento real horrível. Ela só consegue pensar naquela Cerimônia do Chá anual.

— É só não dar as caras.

— O quê?

— Se não é divertido e nós temos preparativos para a... — ele espiou ao redor e depois sussurrou: — ... *festa*, é só não aparecer no treinamento hoje.

— Não sei...

Os ensinamentos de Dora e Twee do dia anterior sobre como ser correta e impecável para ganhar respeito ainda estavam frescos na mente de Red. Ela tinha passado a noite toda sem pregar o olho, pensativa. Sempre se incomodara com as regras da mãe, e estava pronta para mostrar à Rainha que ela não governava a vida da filha. Além do mais, a menina não queria os olhos do reino sobre si — se fosse inevitável, porém, queria ser respeitada. Mais do que a mãe. Será que para isso seria preciso *ainda mais* perfeição? Red não sabia se dava conta. Disse a si mesma que não se importava com o que os outros jovens do País das Maravilhas pensavam, mas e se ela, Chester e Ace estivessem errados a respeito dos demais? Talvez eles não quisessem se rebelar e a rejeitassem quando Red lhes mostrasse como se sentia de verdade, assim como os cortesãos e os membros da nobreza, que aparentemente já odiavam a Rainha. Se fosse assim, aí é que ela nunca seria respeitada, mesmo.

Era demais para a cabeça da garota.

Chester deu seu sorriso de praxe e balançou a cabeça.

— Nossa, achei que a gente tinha te curado quando você desceu escalando pelas vinhas, mas parece que ainda precisa da minha ajuda.

Red suspirou.

— De alguma forma, agora parece que as coisas estão ainda mais complicadas.

— Ei. — Chester parou de andar. — Esse negócio todo de treinamento, essas aulas, essa Cerimônia do Chá... isso tudo não é exatamente o motivo pelo qual está se rebelando? Você está falando como uma aluna qualquer do Colégio do País das Maravilhas.

Red aproximou o material escolar do peito. Ele estava certo. Twee e Dora a tinham feito se sentir... vejamos, mal. Red sempre vira a mãe como a autoridade principal do País das Maravilhas, mas o treinamento do dia anterior lhe havia mostrado que o próprio País das Maravilhas já vivia com os padrões de perfeição há tanto tempo que todos julgavam severamente quem não os atingisse. As pessoas da corte podiam até criticar a Rainha de Copas, mas, ao próprio modo, todas eram tão ruins quanto ela. E validavam tudo que ela defendia.

Red tinha sempre sido uma rebelde, mas ao ouvir as palavras de Chester percebeu que queria intensificar um pouco as coisas e mostrar a todos — aos cortesãos arrogantes, às nobres de duas caras, à ideia de que até a forma como alguém dispõe os talheres à mesa podia muito bem ser humilhante para a sua reputação — que aquilo não era jeito de se viver. Além disso, nas noites em que a garota dera escapadinhas para a cozinha, tinha experimentado açúcar. Ao contrário do que a mãe pregava, era *bom*. Uma delícia, até!

— Tem razão. — Red ergueu o queixo. — Vou fazer isso mesmo.

— É claro que tenho razão. — O sorriso de Chester foi eletrizante, e ele deu uma piscadinha. — Sabia que você não ia querer decepcionar o Ace.

— Não sei do que você tá falando — rebateu Red, saindo na frente dele em direção à escola.

Depois da aula, Red foi com Chester encontrar Ace no Bosque Real em vez de seguir a trilha até o castelo. Ver as torres de longe sabendo que devia estar lá dentro causou nela a mesma emoção que sentira ao descer pela hera — sentia-se um pouco má e muito entusiasmada. Ace os encontrou na beira da estrada e os guiou floresta adentro. Havia folhas e gravetinhos em seu cabelo cacheado.

— Acho que encontrei o lugar perfeito — disse, afastando da passagem os galhos de samambaia e a cortina de hera. Do outro lado havia uma clareira de grama e musgo cercada por árvores de Tumtum e salgueiros. Algumas lesmolisas touvas serpenteavam pela vegetação rasteira quando os três entraram no espaço aberto. O lugar era amplo o suficiente para reunir bastante gente, mas bem reservado.

— É perfeito — falou Red.

— Boa, Ace — concordou Chester, e o amigo sorriu todo orgulhoso.

Ficaram em silêncio por um instante, com as mãos nos quadris, analisando a área. Depois de alguns segundos, Chester pigarreou. Ace ficou olhando a grama.

E Red disse o que todos estavam pensando.

— Então... alguém aqui sabe como dar uma festa?

— Bem, comentamos que em Auradon eles têm nachos — falou Ace sem muita confiança. — Talvez... a gente pudesse trazer alguns. Caso saibam o que são... uns petiscos pra comer com queijo?

— E donuts com geleia, ou morangos cobertos com chocolate? — perguntou Chester.

— Xi, vai ser difícil conseguir docinhos — relembrou-o Red.

— Tá certo. Então quem sabe pizzas?

Red fez uma careta.

— Se a gente não pensar em nada melhor... — As pizzas do País das Maravilhas estavam mais para um pão de fôrma chocho. Não tinham molho nem cobertura, não eram nada agradáveis. Mas dava para comprar muitas unidades com pouco dinheiro, e era melhor do que nada. Red mordeu o lábio, indo até o meio do espaço. — Vai estar escuro, então a gente pode acender uma fogueira aqui no meio. E, sei lá, inventar uns jogos ou algo assim?

— Qual o oposto de croqué? — indagou Ace. — Pickleball?

— Tenho algumas raquetes — disse Chester, dando de ombros.

— Vamos precisar de convites e bebidas também, eu acho... — ponderou Red.

Em seguida, a menina fez uma lista. Pequenos detalhes aqui e ali lhe ocorreram, probleminhas nos quais não tinha pensado antes. Pratos para as pizzas, copos para as bebidas. Mesas nas quais colocar tudo. E onde todos iam se sentar? Será que uma fogueira bastaria para iluminar a clareira toda? De repente, e para sua enorme tristeza, Red pensou que enfim entendia como a mãe devia estar se sentindo por causa da Cerimônia do Chá anual.

— Tenho um carrinho. Posso trazer toda a louça da minha casa — falou Chester. — Minha mãe não vai se importar.

Ace olhou para as árvores e coçou o queixo.

— Acho que ainda temos algumas luzinhas e lanternas no porão que usamos no Dia de Celebração da Vitória da Guerra das Rosas do ano passado. Posso trazer.

— E não se preocupem com as pizzas — falou Red. — Minha mesada é aceitável, então posso comprar.

— Isso vai ser ótimo! — disse Chester com um sorriso otimista, mas Red sentiu uma ponta de dúvida.

Será que dariam conta mesmo?

— Mas então, quando vai ser? — perguntou ela.

— Não vamos perder o ritmo — propôs Ace. — Além do mais, quanto mais rápido organizarmos tudo, menos tempo sobra para alguém dar com a língua nos dentes. Hoje é quarta, e se a gente mandar os convites amanhã e fazer a festa na sexta?

— Bem em cima da hora, mas concordo — respondeu Chester. — E você, Red?

A garota assentiu.

— Tô dentro.

No entanto, as preocupações de Red não desapareceram quando ela chegou aos portões do labirinto de cerca-viva. A ideia era passar a noite em claro preparando sua parte dos convites (um terço), e eles precisavam ser discretos e tentadores. Mesmo que conseguissem fazer as pessoas desejarem ir à festa, como saberiam que ninguém os dedurária? E se ninguém desse as caras?

Ela ainda estava imersa em pensamentos quando ouviu vozes vindo em sua direção no labirinto — Twee e Dora.

Eram as últimas pessoas que Red queria ver. Depressa, agachou-se num beco sem saída à direita da trilha principal e esperou.

— ... nunca na vida me senti tão ofendida — falava Dora. — Ficamos plantadas como duas idiotas com os guarda-sóis dentro do castelo, esperando alguém que nem se deu ao trabalho de aparecer...

— Ela não vai durar nada. — Seguiu-se a voz de Twee. — Ela diz que nem *quer* esta vida? Que joguinhos são esses que ela está fazendo com a gente? O que eu não daria para ser a Princesa do País das Maravilhas... Qualquer pessoa amaria estar no lugar dela, e ela vai jogar tudo para o alto?

Red mordeu o lábio.

Houve uma pausa, depois Dora soltou um suspiro.

— Sabe... tem alguma coisa estranha nela. Não que eu esperasse que alguém criado pela Rainha de Copas fosse *normal*, mas ela não tem a disciplina que uma menina do País das Maravilhas deveria ter. O desejo de agradar.

— Ela é uma estranha no ninho — concordou Twee. — E está tramando alguma coisa. Ai, meus saltos estão me matando neste maldito labirinto sem fim.

— A estrada é logo ali. Assim que chegarmos lá, vou chamar uma carruagem, e não dou a mínima para o que meu pai fala sobre os meus gastos...

As vozes diminuíram à distância, e Red suspirou fundo. Não tinha pensado numa justificativa para perder o treinamento real, mas tudo indicava que precisaria de uma muito em breve.

A menina entrou no castelo, ficando de olho para ver se encontrava a mãe ou algum dos cortesãos. Esgueirou-se pelo Salão Principal e estava com um pé na escadaria quando uma voz retumbou atrás dela.

— RED!

Ela estremeceu e se virou lentamente. A Rainha de Copas tinha, de alguma forma, se materializado no Salão Principal e estava parada junto à mesa de jantar de sequoia com as mãos no quadril.

— Oi, mãe — cumprimentou a Princesa, fazendo o melhor que podia para dar um sorrisinho.

— Não venha com "oi, mãe" para cima de mim. — A Rainha arqueou uma sobrancelha perfeitamente esculpida, que emoldurava sua sombra vermelha de costume. — *Onde* foi que você se meteu hoje?

— Me desculpa mesmo. Eu tinha um... um projeto em que precisava trabalhar, e perdi a noção do tempo.

— Que tipo de projeto?

— Em grupo. Da aula do Maddox.

Não era lá *muito* longe da verdade; Red tinha a sensação de que Maddox aprovaria a ideia da festa sem pestanejar. E a coisa toda de fato tinha iniciado quando Red e Chester trabalhavam na tarefa da aula dele.

— Ah, bem, neste caso... — falou a Rainha de Copas. — Pode continuar.

A Rainha sempre tinha gostado muito do filho do Chapeleiro Maluco.

— De todo modo — disse Red sem demora, tentando acalmar a mãe —, serei pontual no treinamento real de amanhã.

— É assim que eu gosto — respondeu a Rainha. — Para falar a verdade, devia te dar um castigo, mas não temos tempo. Querida, não faz ideia de tudo que está sobre os meus ombros e, como sempre, você não está facilitando as coisas para mim. O chef de confeitaria está surtando com a ideia de substituirmos os doces por salgados. E os floristas, pudera, disseram que só têm rosas *brancas* porque usamos todas as vermelhas na última antifesta. Só brancas? Eles *sabem* que isso me dá angústia!

Ela gemeu de frustração.

— D-desculpa — gaguejou a menina. — Sei quanto isso é importante para você.

— Deveria ser importante para você *também*!

A Rainha suspirou antes de se virar e sair do Salão Principal, resmungando consigo mesma.

Red respirou fundo, o coração martelando no peito enquanto subia as escadarias em direção ao quarto.

Capítulo
10

Essa foi por pouco

Quando Chester e Red chegaram à escola no dia seguinte, trocaram um olhar significativo e assentiram um para o outro. O garoto deu um tapinha na mochila, que parecia um pouco mais cheia do que o habitual. Os convites eram simples, confeccionados em papel branco comum para não chamarem atenção e dobrados quatro vezes. Eles diziam:

Quer saber como é se divertir de verdade?
Venha à festa que vai pôr um fim nas antifestas.
No Bosque Real, sexta-feira à noite.
Pedimos discrição.
Uma realização da Comissão de Festas do País das Maravilhas

A última parte tinha sido ideia de Ace.

— O quê? — perguntou ele. — Precisa soar como algo oficial!

Red e Chester colocaram as mãos à obra por todo o dia, enfiando os convites nas mochilas dos alunos, colocando-os sobre os assentos antes da aula, deixando-os nas cabines do banheiro. Red tentou se livrar da maior parte dos seus convites antes do almoço, sabendo que não conseguiria perder o treinamento real de novo e que, portanto, não estaria presente nas últimas aulas do dia.

Ela tomou cuidado para não ser vista. A princípio, tinham pensado em assinar os convites com uma mescla do nome dos três — "Que tal Redacesche? Aceschered? Não dá pra ser Cheredace, é muito feio" —, mas tinham desistido da ideia, preocupados em deixar alguma informação que os incriminasse caso um professor encontrasse o bilhete. Red aceitou isso sem protestos, porque, embora a Comissão de Festas do País das Maravilhas fosse ser revelada na sexta-feira, ela tinha receio de que as pessoas não compareceriam se soubessem quem estava por trás do evento. Uma festa secreta organizada pela filha da Rainha de Copas? Até Red admitia que isso soava como uma armadilha.

Ela observou com cautela alguns alunos encontrando o papel. Eles mantinham o rosto neutro — só um ou outro ergueu uma sobrancelha antes de enfiar o papel no bolso. Aos poucos, porém, de maneira quase imperceptível, uma certa energia começou a zunir pelos corredores da escola. A postura dos alunos parecia mais relaxada. Red reparou em um menino sussurrando animado para outro com o convite em mãos.

— Tá sentindo? — sussurrou Chester após o almoço. Ele também já tinha entregado a maior parte dos convites dele.

— Tô, sim — murmurou Red e, ao fazê-lo, sentiu o otimismo crescendo de novo. Então viu algo que a deixou de estômago embrulhado. — Espere aí.

— Que foi?

— Olha…

Vindo em direção a eles pelo corredor estava a Duquesa, uma mulher com expressão arrogante, pavio curto e uma tendência horrível a dar espirros. Com seus vestidos sem graça e antiquados, ela parecia o oposto da Rainha, mas era tão desagradável quanto a monarca.

A Duquesa era, na verdade, a diretora do Colégio do País das Maravilhas. No caminho que fazia ao andar pelo corredor, havia um único convite dobrado.

— Talvez ela não perceba? — murmurou Chester, cheio de esperança.

A diretora avançou, empinando o nariz para os alunos como se tentasse cumprir o objetivo impossível de detectar todo tipo de mau comportamento no Colégio do País das Maravilhas. Por um momento, parecia que ela ia passar reto pelo bilhete, mas a sola de seu sapato o fez deslizar para a frente.

A Duquesa parou e encarou o papel. Red e Chester prenderam a respiração.

Em seguida, ela se agachou e o pegou.

— Diretora Duquesa! — chamou Red, surpreendendo a si mesma e avançando até a mulher. A Duquesa franziu o cenho para Red.

— Fale apenas quando lhe direcionarem a palavra, Princesa Red — rebateu. — Boca fechada, ouvidos abertos. Lembra-se disso?

— Caso acredite que as regras aplicáveis ao corpo discente plebeu do País das Maravilhas também se aplicam à filha da Rainha de Copas, a senhora está redondamente enganada — falou Red, endireitando o corpo. De soslaio, ela viu que Chester estava boquiaberto. — Fui informada de que a senhora ainda não respondeu ao convite da minha mãe para comparecer à Cerimônia do Chá anual. Por acaso planeja faltar ao evento?

A expressão arrogante da Duquesa esmoreceu.

— Não, eu... eu ainda não verifiquei meus compromissos.

— Qualquer outro compromisso não deveria chegar *aos pés* da Cerimônia do Chá — respondeu Red com frieza. Ela lançou um olhar para tentar se comunicar com Chester em relação ao convite na mão da Duquesa. — Sobretudo este ano, quando eu mesma farei o pronunciamento do decreto real. Não comparecer seria uma ofensa à minha mãe, a mim e ao futuro do País das Maravilhas. Nada em concordância com o posto de diretora do Colégio do País das Maravilhas.

Chester pegou sorrateiramente o papel dos dedos da Duquesa assim que ela fez menção de levar as mãos ao peito. Sem demora, misturou-se na multidão de alunos que havia atrás da diretora.

— Juro pelo Jabberwocky que estarei lá — falou a diretora, nervosa. — Não há razão para envolver meu cargo nisso. Enviarei minha confirmação pelo correio ainda esta tarde.

— É bom mesmo — respondeu Red, altiva. — Isto é tudo.

Ela se afastou enquanto a Duquesa gaguejava outro pedido de desculpas.

— Isso foi incrível! — disse Chester entredentes quando Red o encontrou mais adiante no corredor. — Você falou *igualzinho* à sua mãe.

— Valeu — respondeu Red, dando de ombros. — Acho que é uma coisa que consigo ativar quando preciso.

— As pessoas têm que tomar mais cuidado com isso. — Chester enfiou o bendito convite no bolso. — Esse povo não sabe ser discreto por nada deste mundo...

Red não estava escutando. Manteve a cabeça baixa, percebendo o puro choque no rosto dos alunos que haviam assistido ao surto dela. Aos olhos dos colegas, Red presumiu, tinha acabado de reforçar os motivos pelos quais todos se sentiam intimidados por ela.

Deixa isso pra lá, Red disse a si mesma. Logo, logo todos saberiam o que realmente importava para ela.

Capítulo
11

"Arrasou, gata" ou algo assim...

Quando Red voltou ao castelo, relutante em reencontrar Dora e Twee, descobriu que a mãe tinha se juntado a elas no Salão de Bailes.

— Eu não podia arriscar, querida — falou a Rainha. — Precisamos mesmo fazer algum progresso. Está se saindo pior do que eu esperava.

— Desculpe — murmurou.

Twee e Dora não disseram nada, apenas olharam desconfiadas para Red.

— Sente-se. — A Rainha de Copas deu batidinhas na parte de trás de uma das cadeirinhas decoradas posicionadas ao redor da mesa de chá. — Onde é que foram parar meus rapazes sapos? *Rapazes sapos!* — gritou ela, indo até o corredor.

— Aonde você foi ontem? — perguntou Dora, de braços cruzados.

— Estava trabalhando num projeto — respondeu a Princesa ao se sentar.

— É o *auge* da falta de elegância, sabia? — interveio Twee. — Deixar alguém esperando.

— Eu sei. Peço perdão.

— Não acredito que esteja arrependida — falou Dora de repente. — Twee e eu demos *muito* duro para conseguir nossa posição na corte da Rainha em vez de virarmos soldados-cartas ou criadas. E não acho que tenha o necessário para se tornar rainha.

— Eu já vi você com aquele tal de Chester — disse Twee, a voz baixa. — Sabe que a família dele vem de uma longa linhagem de Cheshire, não sabe? Ali de perto da Baía das Amoras, próximo ao Arbusto da Lagarta, se não me engano. Não dá para confiar em nada do que eles dizem. Quando conseguem manipular os outros para que façam o que querem, somem do mapa.

— São bem conhecidos por agirem pelas costas da Rainha — sussurrou Dora. — Os boatos dizem que *eles* é que querem assumir o trono.

— Não sei de nada disso. — Red pigarreou e colocou o guardanapo sobre o colo, do jeito certo agora. Mas se perguntou, e não pela primeira vez, sobre a Baía das Amoras. — E não gosto que me espionem.

— Se estiver planejando algo com ele, é bom tomar cuidado. Você parece ser exatamente o tipo de pessoa de quem ele se aproveitaria — continuou Twee, estalando a língua num gesto de simpatia condescendente. — Uma pessoa próxima do poder, mas suscetível. Ingênua.

— Uma maria vai com as outras, o completo oposto de sua mãe — concordou Dora.

Red sentiu um mal-estar na boca do estômago. Antes que pudesse dizer qualquer outra coisa, porém, a Rainha voltou com uma fila de sapos-mordomos vestidos com smokings escarlates de cauda chiquérrimos e gravatas-borboleta com estampa de coraçõezinhos. Os mordomos se colocaram a postos em cada lado da mesa de chá enquanto a Rainha se sentava com as garotas.

— Vamos enfim ao treinamento! — exclamou, limpando a garganta.

Twee, Dora e a Rainha colocaram os guardanapos sobre o colo em perfeito uníssono. Sem hesitar, a monarca bebericou seu chá e se esticou para pegar o garfo de ostras.

Foi aí que Red percebeu que a mãe *sabia* de tudo que Twee e Dora sabiam, e também um pouco mais. A Rainha podia até ser uma tirana de pavio curto, mas havia criado o País das Maravilhas para ser aquele mundo de etiqueta. Foi a própria Rainha de Copas que estabelecera os padrões seguidos pelos demais. E justamente por isso ela podia modificá-los.

Os pensamentos de Red foram interrompidos pelo mordomo a seu lado, que colocou uma única ostra fria do Mar Fervente em seu prato.

— Obrigada — agradeceu Red rapidamente, embora não sentisse gratidão nenhuma pelo aperitivo gosmento.

Dora revirou os olhos e Twee arqueou uma sobrancelha.

— Não agradeça — corrigiu a Rainha de Copas de modo sucinto.

Os ombros de Red murcharam.

— Desculpe.

— Red — continuou a Rainha —, você gosta de ostra?

— Não — respondeu a menina, franzindo a testa para a mãe, que sabia perfeitamente bem que Red detestava aquele prato.

— Então por que não disse nada aos rapazes sapos?

— Eles estão só servindo o que está no cardápio, não é? Eles não sabem que eu odeio ostra.

— Mas *deviam*. — A Rainha se inclinou sobre a mesa, observando Red com firmeza. — É o trabalho deles saber essas coisas. *Você* é quem está no poder; eles devem conhecê-la como a palma da mão, atender a cada uma de suas necessidades e prever cada um dos seus caprichos. O fato de terem lhe servido algo de que não gosta é uma ofensa direta a você e à sua autoridade.

Red franziu os lábios. O mordomo exibia uma cara de apreensão, e Red suspeitou de que haviam lhe instruído que servisse a ostra de propósito.

Dora e Twee trocaram olhares maldosos, como se para dizer: *Você sabe que ela não consegue. De jeito nenhum.*

Red se estressou. Apesar da suposta educação das duas, as meninas estavam sendo bastante grosseiras, e a suspeita que sentiam em relação a Red colocava a festa secreta em risco. A Rainha de Copas estava sendo irritante com todo aquele treinamento ridículo, e o corpo gelatinoso e molenga da ostra na concha estava deixando Red enjoada.

— Tire isto daqui — vociferou.

— Perdão, senhorita? — murmurou o mordomo.

— Você me escutou! — A voz de Red ficou mais alta, e ela adotou o mesmo tom que tinha usado com a Duquesa. — Como é que pode me servir um prato desses sabendo que eu o detesto? Isso é inaceitável.

— Peço desculpas, senhorita. — O criado fez uma reverência e retirou o prato da mesa.

— Continue — falou a Rainha de Copas.

— Hum… — A mente de Red estava a milhão. — Você espera que eu fique sem aperitivo? Me traga… um suflê!

— Um suflê? Mas, senhorita, não nos preparamos para… — coaxou o mordomo.

O sorrisinho zombeteiro de Twee e Dora havia sumido, e no lugar estava uma expressão tênue de surpresa.

— Por acaso *perguntei* se vocês tinham suflês preparados? — questionou Red, fria.

— Muito bem — sussurrou a mãe dela, e Red entendeu que aquela parte do treinamento não tinha mais a ver com etiqueta. A lição era a respeito do exercício de poder.

Atordoado, o mordomo continuou:

— Repassarei suas ordens ao chef agora mesmo. Mas pode ser que leve um tempo até que…

Num rápido movimento, Red arrancou o prato das mãos dele e o lançou ao outro lado do salão como um frisbee. O prato bateu na parede do castelo e se estilhaçou. Os cacos de porcelana e os pedaços de ostra foram ao chão. O coração de Red estava disparado.

Por um momento, o tempo pareceu congelar. Ninguém respirou.

Por fim, o mordomo fez uma profunda reverência.

— Muito bem, senhorita.

— E limpem a bagunça — ordenou Red, antes que sua ousadia minguasse. Os sapos-mordomos se dispersaram, uns colocando novos pratos à mesa, outros limpando a sujeira e o resto trazendo chá recém-
-preparado da cozinha.

Dora estava com os olhos arregalados, e Twee parecia um tanto nervosa. A Rainha de Copas, no entanto, tinha um sorriso tão largo estampado no rosto que chegava a parecer o de Chester.

— Muito bem *mesmo* — disse. — Na nossa próxima sessão de treinamento, quero que me diga sua melhor lei nova para o decreto, algo que a fará ser temida e respeitada no comando do reino inteiro. E, Red?

— Sim, mãe.

— Que ela seja cruel.

— É necessário? — sussurrou a menina.

— Ah — falou a Rainha, cujo rosto se transformou imediatamente ao perceber a hesitação de Red. — Achei que era de sua natureza ser como eu.

A decepção em seu tom era tão palpável que Dora e Twee nem arriscaram um risinho.

Capítulo 12

Preparativos para a festa

Red acordou na sexta-feira — o dia da festa secreta — com uma sensação peculiar na barriga. Culpou o turbilhão de emoções que a importunaram durante o café da manhã e que permaneceram na caminhada até a escola e por toda a manhã.

Primeiro veio a culpa. Red não conseguia suportar como tinha sido grosseira com os sapos-mordomos, que sempre haviam sido bondosos e complacentes tanto quanto possível. Em seguida, teve vergonha por ter decepcionado a mãe, depois de ela ter parecido tão orgulhosa por um momento. Era difícil ignorar os elogios da Rainha de Copas, porque costumavam ser bem raros.

Entretanto, Red sabia que não conseguia ser cruel como a mãe. Ela teria descido e se desculpado com o mordomo com quem gritara se não tivesse risco nenhum de ser pega.

E, por fim, é claro, havia o nervosismo. Isso e a empolgação para a festa, além das dúvidas sobre se tudo sairia como ela esperava.

Red tentou se reconfortar ao seguir pela trilha da floresta. Qual era a pior coisa que podia acontecer? Ser descoberta. E haveria uma série de consequências. Ao menos os administradores do Colégio do País das Maravilhas não poderiam fazer nada a respeito, já que a festa aconteceria fora da propriedade e do horário das aulas.

Por outro lado, tudo que acontecia no País das Maravilhas, e ainda mais na capital, estava sob o jugo da Rainha. Red duvidava de que a mãe castigaria *todos* os alunos do Colégio do País das Maravilhas (embora não descartasse completamente a ideia). Não, era mais provável que perseguisse os líderes, para que a punição deles servisse de exemplo. Talvez ela deixasse Red de castigo por um mês. Talvez até chegasse ao ponto de cancelar a Cerimônia do Chá.

Red deu de ombros. Se *isso* era o pior que podia acontecer…

— E aí?!

Red se virou, assustada, e viu que Ace havia surgido atrás dela na trilha.

— Nossa. Oi. — Ela sorriu, um pouco animada demais.

— Tá ansiosa? — O sorriso dele era contagiante. Um cachinho de seu cabelo lhe caiu sobre o olho e o garoto o afastou.

Red fez que sim.

— Com certeza tô ansiosa… do jeito bom e do ruim.

— Nem me diga. Mal dormi ontem à noite, minha cabeça foi a mil pensando em tudo que pode acontecer. — Ele assoviou baixinho e balançou a cabeça. — Bom, o plano é ir adiantando algumas coisas sozinho hoje, e depois da aula Chester vai me ajudar. Você vai fazer seu curso de princesa ou seja lá o que for, para que tudo pareça normal. Depois… — Ele bateu as mãos. — *Bum!* Nos encontramos, e é hora da festa!

— Tá certo — respondeu Red, esbaforida. — A gente vai mesmo fazer isso.

— Vamos, sim.

A garota mordeu o lábio, depois meio que deixou escapar:

— Obrigada por toda a ajuda, Ace. Tem sido… tem sido legal trabalhar com você e com o Chester. Acho que vamos conseguir.

O menino deu uma piscadinha.

— Tô orgulhoso de todo o seu progresso, Princesa.

— Ah, não. — Red fez uma careta. — Você também, não.

— Foi mal, não resisti. Até mais tarde! — E ele desapareceu, virando numa das bifurcações da trilha.

Red achou impossível se concentrar nas aulas daquele dia. Ela observava os alunos com cautela, em busca de qualquer indicação de eles terem feito planos secretos para irem à festa. A maioria a evitou até mais do que de costume — Dora, cujos irmãos mais novos frequentavam o Colégio do País das Maravilhas, provavelmente tinha espalhado as notícias do que acontecera no treinamento de princesa do dia anterior.

Foi só Maddox que pareceu ter um brilho a mais nos olhos, embora Red e Chester tivessem feito tudo a seu alcance para impedir que os professores vissem os convites.

— E tenho um presente para vocês: nada de dever de casa! — anunciou o professor quando a aula estava terminando, já que era conhecido por passar tarefas complicadas para o fim de semana. — Aproveitem a folguinha para o cérebro de vocês.

Embora Red confiasse em Maddox, ele não deixava de ser um professor. E aquilo a deixou desconfiada.

— Hum, sem lição de casa… — falou ela, passando pela mesa dele ao final da aula. — O que vai fazer no fim de semana sem nos imaginar afogados em trabalho?

Ele deu um sorriso perverso.

— Ah, eu sobrevivo. Talvez até experimente fazer chapéus, como meu pai! É um ótimo fim de semana para tentar algo *novo*.

— Ah, é?

— Certamente que sim, na minha opinião — falou, encarando-a com um olhar significativo.

Red assentiu e se despediu dele. Ela esperava que Maddox guardasse o segredo.

O treinamento real não foi nada de mais após o alvoroço do dia anterior. Dora e Twee mantiveram um silêncio quase respeitoso enquanto a Rainha de Copas enumerava os pontos estratégicos principais de um exército de cartas. De qualquer forma, aquilo estava fora da alçada das duas meninas.

Red teria até achado a aula interessante se sua mente já não estivesse completamente ocupada com os pensamentos sobre a festa. Era tudo que podia fazer para permanecer atenta o bastante a fim de responder às perguntas da mãe e parecer estar prestando atenção.

Dito e feito; quando a Rainha de Copas exigiu ouvir a lei de Red para o decreto real, ela levou um tempinho para se lembrar de sua proposta, sem lá muita convicção.

— Ah, sim, certo, era… bater em quaisquer plantas não sancionadas. Imediatamente. Direto da raiz. Sem dó nem piedade — propôs Red.

A Rainha de Copas franziu o cenho.

— Então seu decreto real tem a ver com… plantas?

Red não se aprofundou, e a Rainha deu um suspiro pesado.

— Querida, vai precisar fazer algo melhor que *isso*.

Ao fim da aula, Twee e Dora se despediram de Red às pressas, e Red enfim estava sozinha no quarto às oito horas, como em qualquer outra noite de sexta-feira.

Mas aquela noite seria diferente.

Em primeiro lugar, Red ligou para a pizzaria Mock Turtle, imitando uma cozinheira do castelo, para pedir dez pizzas a serem entregues no lugar da trilha da floresta onde Ace estaria para recebê-las. E aí lhe sobrava a tarefa dificílima de decidir o que usar.

Red não tinha nem pensado a respeito das roupas ainda. Se bem que ela não tinha nenhuma roupa de *festa*; não podia vestir as roupas sem graça que usava para a escola nem os vestidos elaborados reservados às antifestas e às Cerimônias do Chá. Mais do que qualquer outra coisa, não queria escolher um visual que lembrasse aos convidados de que ela era filha da Rainha.

Por fim, Red se decidiu por um vestido vermelho e preto descolado, cheio de corações, e calças jeans de couro vermelho.

Quando acabou, Red enfiou travesseiros embaixo das cobertas para imitar o formato do corpo adormecido e apagou as luzes do quarto. Era um truque que Chester e Ace lhe haviam ensinado.

Red desceu até as cozinhas e colocou uma pilha de pratos e um amontoado de talheres na mochila. Em seguida, esgueirou-se para o Salão Principal sem ser vista por nenhum dos soldados-cartas e apertou um dos tijolos atrás do trono da mãe. Era uma passagem secreta dentro do castelo, especificamente a que passava por baixo do fosso até o labirinto de cerca-viva.

Red deixou as pedras de volta no lugar depois de passar, pegou a lanterna da mochila e seguiu pelo túnel antigo imerso na escuridão com a maestria de alguém que sabia o que fazia. Nunca tivera um motivo para usar a passagem antes — costumava fazer aquilo só por tédio mesmo. Desta vez, no entanto, as paredes de pedra cheias de musgo e o som distante de água gotejando lhe pareciam misteriosos e emocionantes.

Foi correndo pelo labirinto de cerca-viva até a clareira, com o coração disparado. Ela meio que esperava já ouvir o som de música e risadas, mas a floresta ainda estava silenciosa — as pessoas talvez ainda não tivessem chegado.

Red passava pela vegetação rasteira aos tropeços, até que trombou com outra pessoa.

— Ei! — gritou Ace. — Cuidado aí. — Ele estava com os braços cheios, carregando as pizzas.

— Ai, que bom, você já pegou! — exclamou Red. Ela pegou metade da pilha para que ele conseguisse ver por onde andava. — Pareceram meio desconfiados quando pedi que a deixassem do lado da estrada, mas sabia que você não ia deixar a gente na mão.

— Não são doces, mas pelo menos tem o bastante para todo mundo. — Ele sorriu. — Você está bonita.

— Ah, obrigada. — Red moveu a pilha de caixas para que ele não a visse corando. — Você também. — Ele estava usando uma cartola, um casaco de couro e a calça jeans de sempre, mas de alguma forma ele fizera aquela combinação despojada parecer extremamente descolada. A menina limpou a garganta. — Como estão as coisas?

— Estão, ééé... bem! A gente... tá fazendo dar certo.

— Mesmo?

Ele não precisou responder. Passaram pela cortina de galhos e adentraram a clareira. Red sentiu um singelo aperto no peito com o que viu.

Tudo estava basicamente como antes. No crepúsculo, algumas lanternas brilhavam ao redor do campo, mas ainda dava para ver os cordões de luz desligados. O lugar estava vazio, exceto por Chester, que estava dando tudo de si para acender uma fogueira no centro.

— Ei! — gritou. — Pode me trazer alguns gravetos, coisas assim?

— Isso está... certo? — ponderou Red.

— Pois é — respondeu Ace em tom de desculpas. — Eu e Chester percebemos que não tínhamos extensões para plugar as luzes quando chegamos aqui. Ele tá com alguns palitos de fósforo ali, mas... acho que está tendo dificuldades. Além do mais, descobri que algumas lesmolisas touvas se enfiaram no equipamento de badminton e roeram a rede, então os jogos não vão rolar...

— Queria que tivéssemos uma mesa para as pizzas. Será que dá para a gente colocar naquele tronco velho?

Ace e Red deixaram as pizzas no chão e foram ajudar Chester a reunir coisas para a fogueira. Jogaram gravetos e folhas secas ao redor dos troncos que ele tinha empilhado, e ele voltou a trabalhar.

— Tinha dado certo, juro — falou ele. — Só precisa de um *tchan* a mais. Isso!

Uma pequena chama lambeu o tronco da base, e logo a fogueira começou. Não era como tinham imaginado, mas ajudava a deixar as coisas um tanto mais aconchegantes.

Havia mais alguns troncos no chão ao redor da fogueira de Chester, e os três se sentaram neles. Red esfregou os braços com as mãos e correu os olhos pela clareira. Ela enfim criou coragem para dizer o que os outros dois estavam pensando:

— Vocês... acham que alguém vai aparecer?

Chester franziu os lábios e passou a mão pelo cabelo.

— Entreguei todos os convites que fiz. Agora é só esperar para ver.

— Bem, se ninguém vier, vou desistir de cada um desses chat...

— Psiu — sibilou Ace. — Espera aí! Estão ouvindo isso?

— O quê? — sussurrou Chester.

Então ouviram, os três: havia vozes vindo da trilha, atravessando as árvores.

Capítulo
13

A farra na fogueira

— **A**migo ou inimigo? — murmurou Chester, misterioso. Ace deu uma risadinha, e Red deu uma batidinha nele com o cotovelo. Os três mantiveram os olhos fixos no limiar da clareira à medida que as vozes ficavam mais altas, acompanhadas pelo som de pessoas tentando, sem sucesso, andar em silêncio pela vegetação rasteira.

De repente, três rostos apareceram detrás das árvores e os encararam de olhos arregalados.

Eram alunos da escola. Alguns Red reconhecia da aula de Enigmas.

— Oi! — gritou Chester.

— Oi — respondeu a menina que estava na frente. — É aqui a… — Ela parou de falar, encarando Red, boquiaberta. Ela se virou abruptamente e sacudiu a mão no ar para os outros. — *Vamos embora!* — sibilou. — Vocês tinham razão!

— Eu *falei* que era uma armadilha! — disse um garoto à esquerda dela. — É a Princesa!

— Esperem! — gritou Red. — Não precisam se preocupar. Não vou dedurar vocês. Na verdade, eu sou quem mais tem a perder aqui, porque essa festa é *minha*. Quer dizer, nossa.

A menina a olhou cheia de suspeita.

— A filha da Rainha de Copas? Dando algum tipo de… reuniãozinha? Até parece. Eu vi como você falou com a Duquesa ontem.

— É uma festa — corrigiu Chester.

— É, não sei não… — respondeu o outro garoto, olhando para o campo vazio.

— Só falei com a Duquesa daquele jeito para não deixar nada na cara — explicou Red. — Ela quase viu um dos nossos convites; eu precisava distraí-la. E fala sério, né? Você também não gosta da Duquesa, gosta?

A menina estava com a mão no quadril, mas pareceu relaxar um pouco.

— Você nunca quis saber como seria? — perguntou Red. — Eu sei que eu já quis. Talvez mais do que qualquer outra pessoa.

Ace deu um tapinha nas caixas ao lado dele no tronco.

— Pelo menos venham comer pizza. Elas estão esfriando, e temos muitas!

— Tá certo — disse a garota, pausadamente. — Vamos comer pizza, então. E só. Nada de gracinhas.

Red não conseguia se sentir decepcionada, pois tinha conseguido fazer o pessoal ficar. Os três pegaram a pizza com cautela e se sentaram do outro lado da fogueira, de frente para a Comissão de Festas do País das Maravilhas. Red olhou para Chester e Ace, que deram de ombros. Em seguida, ela uniu as mãos e batucou o sapato no chão. Eles deviam ter pensado em levar música. Mas como? As únicas canções que as crianças do País das Maravilhas sabiam eram o hino nacional ("Salve a Rainha que ganhou nosso coração") e alguns outros hinos militares. Red ouvira dizer que costumavam tocar violino na corte antigamente, mas ela não conhecia ninguém que soubesse tocar esse instrumento. A música, assim como o açúcar, era desincentivada no País das Maravilhas. Balela, era como a mãe chamava.

— Então… — Red ia dizendo, tentando pensar num jeito de iniciar uma conversa, mas Ace a interrompeu.

— Olha, tem mais gente vindo.

E dito e feito, havia outras figuras saindo das árvores. Colegas de Red das aulas de Ciências, Croqué e de Etiqueta. Alguns encararam a Princesa, mas assim que viram a pizza de graça, atacaram. Mesmo com as luzes, a clareira estava ficando escura o bastante a ponto de ninguém reparar nela logo de cara, em todo caso.

— Veio tanta gente — comentou Chester.

— Nem acredito — falou Red baixinho. — As pessoas vieram mesmo.

Estava com uma sensação estranha no peito. Ela olhou ao redor para os adolescentes do País das Maravilhas, pegando suas fatias da pizza tolerável e se juntando em grupinhos para conversar. Alguns se sentavam no chão, outros ficavam perto da fogueira. Embora ainda olhassem sobre o ombro de tempos em tempos, alguma coisa na postura deles parecia mais natural do que a rigidez robótica de sempre.

Pela primeira vez na vida, Red se pegou sentindo algo pelos cidadãos do País das Maravilhas. Talvez *orgulho* não fosse bem a palavra, ainda não, mas eles a haviam surpreendido. Eles tinham tentado.

— Então isso é uma… festa? — perguntou uma das meninas para Red e Ace. A Comissão de Festas do País das Maravilhas estava fazendo o melhor que podia para socializar, tentando animar cada grupinho, mas Ace e Red acabavam sempre um do lado do outro. — Nunca comi pizza sem usar talheres.

— É sim! — respondeu Ace alegremente. — Quer dizer, é um começo, pelo menos. Está mais para festa do que qualquer outra coisa que a gente já tenha feito antes.

— Pior que é verdade. — A menina revirou os olhos. — Aquelas antifestas me fazem querer gritar.

— Sério? — disse Red. Aquela menina em particular era figurinha carimbada nas antifestas e tinha fama de ser uma especialista em tédio.

— Sempre achei que você gostasse delas.

— Há uma diferença entre ser boa em algo e gostar daquilo.

Red pigarreou, pensando na forma como conseguira calar a Duquesa e o sapo-mordomo com tamanha facilidade.

— É, acho que tem razão.

Ace puxou o cotovelo da Princesa enquanto eles saíam para participar de outra conversa.

— Red, não sei se nossas pizzas vão durar. As pessoas estão famintas.

Era verdade. Um grupo rodeava o tronco com a comida, revirando algumas caixas vazias atrás das bordas que tinham sido abandonadas. Com as mãos nos bolsos, os olhos vagando, eles pareciam entediados — alguns saíram rumo à trilha que levava para fora da floresta.

Red mordeu o lábio. Não podia culpá-los; sem a comida, não havia motivo para ficar. As luzes ao redor da clareira eram bonitas, mas, fora isso e a fogueira que morria a cada segundo, estava ficando escuro demais para enxergar.

Chester cambaleou até eles do nada.

— Chester, acha que podemos pedir mais pizzas? — perguntou Red, preocupada. — Não sei a que horas a Mock Turtle fecha, mas precisamos fazer o pessoal voltar...

— Temos problemas maiores — interrompeu Chester, e só então Red se deu conta de como ele parecia agitado. — Tem luzes vindo da trilha da floresta. Dezenas delas. Acho que ouvi uma trombeta também...

Um dos alunos que Red tinha visto ir embora interrompeu Chester, voltando à clareira o mais rápido que podia.

— Soldados-cartas! — alertou. — Bem atrás de nós.

Assim que ele falou, a clareira se iluminou, pois soldados-cartas carregando tochas a invadiam de todos os lados. As luzes reluziam nos capacetes enfeitados com corações.

— *Corram!* — gritou Red.

Capítulo
14

O antiflagra da festa

O s alunos do Colégio do País das Maravilhas não precisaram de mais aviso. Em questão de instantes já tinham vazado da clareira, se dispersado em diversas direções e escapado das mãos dos soldados-cartas. Em contrapartida, os guardas surgiram atacando de todos os cantos e criando um círculo uniforme ao redor da área. Era puro caos, com a luz do fogo reluzindo nos uniformes pretos e vermelhos dos soldados-cartas. Tudo parecia um borrão.

Red e Ace tentaram se esquivar enquanto Chester pegava a mochila de Red e os pratos restantes.

— Tá brincando, né? — gritou Red. — Deixa isso pra lá!

— Vão saber que foi a gente! — rebateu Chester.

— Tenho a ligeira impressão de que já sabem — respondeu Ace.

— Dispersem! — gritou Red, correndo na direção oposta a eles e tentando chamar a atenção dos guardas. Ela não tinha um plano. Ainda que conseguisse escapar, o que faria depois? Voltar para casa não parecia uma opção viável no momento.

No fim das contas, foi uma preocupação em vão; assim que Red tentou se esgueirar pelo amontoado, um soldado-carta a agarrou pelo braço e o segurou com força enquanto ela se debatia, tentando se soltar.

Quando a Princesa se virou, viu que Chester e Ace também tinham sido capturados.

⌒

Foram carregados sem cerimônia por todo o labirinto de cerca-viva e separados cada um em um cômodo diferente. Red sabia que aquela era uma tática usada pela Rainha para prevenir que os prisioneiros confabulassem uma mentira coerente entre si.

A garota andava de lá para cá com as mãos às costas, irritada. Ela torcia para que ninguém mais tivesse sido pego. Ainda assim, sentia menos raiva dos soldados-cartas por terem dispersado a multidão e mais de si mesma por não ter dado uma festa que *de fato* valesse a intervenção. Os guardas apenas tinham dado fim a uma reuniãozinha mixuruca. Enfim, um soldado-carta bateu à porta dela e a levou ao salão do trono da mãe.

Quando Red chegou lá, viu que a sala estava vazia, a não ser pela presença da Rainha de Copas, sentada em seu trono preto e vermelho, com o encosto em formato de coração. Red esperava encontrar a mãe em meio a um surto de raiva, mas em seu rosto havia apenas O Olhar.

Red se aproximou do trono e cruzou os braços. Tentou não pensar no menininho que tinha sido afastado por roubar tarteletes na antifesta.

— Onde estão Ace e Chester?

A Rainha desdenhou.

— Eu os mandei para casa.

— Conseguiu o que queria deles? — ironizou Red.

— Red, seus... amiguinhos... — Ela franziu o nariz. — Não quero que se aproxime muito deles. São uma péssima influência.

— Por quê? Porque eles querem fazer coisas normais, tipo se divertir com os amigos?

Os olhos da Rainha se incendiaram.

— Porque a realeza não deve *cultivar* amizades. Não só é descabido, mas também perigoso, está me entendendo? As pessoas podem se aproveitar de você. Você não conhece os motivos reais das pessoas. Além do mais, faz de você uma *líder fraca*.

— Fala sério — fulminou Red. — Chester e Ace nunca...

— Como é que você vai governar o reino com um punho de ferro se estiver de gracinha pela floresta com a ralé? Como vai impor a lei se tiver que prestar contas a cada coração partido com que se deparar?

Red deu um passo para trás, sentindo a força das palavras da mãe como se fossem golpes.

— Não acho que ter amigos torna alguém um líder ruim — disse, incerta, apertando os braços sobre o peito. — Eu não fiz por mal, eles só estavam me ajudando...

— Red, quero que entenda uma coisa — falou a Rainha de Copas, dando batidinhas com a mão no cabelo vermelho sedoso. Embora falasse com calma, uma ruga havia aparecido entre as sobrancelhas dela. — A Cerimônia do Chá é daqui a apenas uma semana. Já no próximo sábado. Você entende o pouco tempo que temos? Não sei o que deu em você, mas seja lá o que esteja fazendo, não passa de uma distração.

— Nós só estávamos tentando nos divertir um pouco — resmungou a menina. Será que tinha sido uma festa tão chocha que ninguém tinha sacado sua intenção? — Era... uma festa.

A Rainha arqueou a sobrancelha e Red esperou que ela ficasse irritada, gritasse, mostrasse quanto estava decepcionada com a filha, qualquer coisa. No entanto, ela apenas riu. Foi um som agudo e absurdamente estridente.

— Foi assim que vocês chamaram? — disse com um sorriso zombeteiro. — Ah, minha querida, o que me disseram foi que tinha um grupo de baderneiros fazendo uma fogueira na floresta, o que, como você bem sabe, é contra a lei. Por isso mandei os guardas.

— Tinha pizza também.

A Rainha de Copas suspirou e sacudiu a cabeça.

— Até a antifesta mais *anti* de todas antifestas estava mais para uma festa do que o que aconteceu esta noite. Veja só como é planejar um evento… Querida, há fornecedores que não estão me dando retorno, estou com uma encomenda de chá atrasada, aquela Duquesa infeliz *ainda* não confirmou a presença e preciso entregar a lista final de convidados até terça…

Red sentiu um aperto no peito enquanto a mãe continuava tagarelando. Toda essa rebelião para fazer algo que abalasse as estruturas do País das Maravilhas, e nada tinha feito a menor diferença. Ela sequer arrumara uma encrenca para si.

— Tô indo pra cama — murmurou Red, sem saber se a mãe a ouvira.

— … e todos os guardanapos que temos têm um tom de vinho *pavoroso*, eu caio morta se alguém na cerimônia botar os olhos neles. Rapazes sapos! Cadê meus rapazes sapos? Venham aqui!

Red saiu enquanto a mãe gritava aos ventos.

Em seu quarto, Red se deitou na cama em posição fetal, sentindo-se derrotada. Por mais estranho que fosse, ela *esperava* receber um castigo. Não que ela desejasse que Chester, Ace ou qualquer outra pessoa fosse pega, mas uma parte dela pensava que a tentativa de dar uma festa teria causado algum alvoroço no País das Maravilhas — qualquer coisa. E uma parte ainda menor dela pensara que seria o bastante para que adiassem a Cerimônia do Chá e seu decreto iminente.

Ela puxou a coberta para mais junto de si, só agora se dando conta de como aquilo tudo era bobo. Festas eram ilegais, mas o evento dela não tinha nem atingido uma escala digna de punição... e para quê? Ela e os meninos simplesmente não sabiam como dar uma festa, e agora ninguém voltaria a confiar neles. Talvez não houvesse ninguém em todo o País das Maravilhas que pudesse escapar do pulso firme da Rainha. A capital já estava perdida; as pessoas eram rigorosas e sem graça desde a Baía das Amoras até a Montanha de Vorpal, do Pântano Cabisbaixo ao mar infinito...

Red fez uma pausa em seu raciocínio, o olhar perdido.

O mar e a cidade à beira dele a deixaram encafifada de novo. Espere, aquilo estava errado. Qual *era* a da Baía das Amoras? *As coisas são diferentes por lá*, dissera Chester. Twee e Dora tinham parecido trocar um olhar significativo a respeito do lugar também.

Red se revirou na cama, inquieta, uma, duas vezes, desejando que a manhã chegasse logo. Teria que ir atrás de respostas.

Capítulo 15

Uma visita ao Arbusto da Lagarta

Cedinho na manhã seguinte, Red saiu do castelo antes que a mãe pudesse encher sua paciência com a ladainha dos preparativos para a Cerimônia do Chá. Foi só quando seguia pela trilha da floresta que percebeu que não fazia a menor ideia de onde Chester morava. Entretanto, foi na direção que ele geralmente tomava e chegou a uma vila de casas na árvore — não casas construídas nos galhos das árvores, mas nos troncos. Cada uma das que torneavam a praça do vilarejo tinham sido esculpidas na madeira vermelho-amarelada de uma faia gigante, finalizadas com janelas de vidro e capachos xadrez de boas-vindas em preto e branco.

Red ficou parada no meio delas por um instante, refletindo. Em seguida, num golpe de sorte, Ace saiu de dentro de uma das casas.

— Ace! — chamou ela, tentando manter a voz baixa em meio à quietude da manhã.

Ele se virou, assustado.

— O que é que *você* tá fazendo aqui? Achei que fosse ficar de castigo pelo resto da vida.

— Pelo visto, não. Que bom que você está bem.

— Aham. — Ace deu de ombros e tirou o cabelo cacheado do rosto. — A Rainha nem falou muita coisa, só mandou a gente parar com aquilo e disse para os soldados-cartas nos trazerem para casa.

A menina suspirou.

— Ela está completamente focada na Cerimônia do Chá. Em qualquer outra época, algo assim a teria feito perder a cabeça, mas ela nem deu importância.

— Acho que pra gente isso é uma boa notícia, né?

— É, quem sabe? — Red olhou para os pés. — Mas é como se a gente nem tivesse feito nada que merecesse uma bronca.

Ace colocou as mãos nos bolsos.

— Vai ver o País das Maravilhas só não está pronto para festas.

— Não. — Red balançou a cabeça. — Eu me recuso a acreditar nisso. Cadê o Chester?

— Ele tá em casa. Eu estava indo lá agora.

— Então vamos.

Ela saiu andando pela pracinha, até cair a ficha de que não sabia qual era a árvore de Chester. Ace riu para ela, depois a virou na direção de uma faia com galhos altos. A porta no tronco era pintada do mesmo cinza obrigatório da capital, mas havia uma pequena guirlanda festiva de ramos de salgueiro presa do lado de fora.

— Mas vamos dar a volta até a janela dele para não acordarmos seus pais — disse Ace. Ele levou Red à lateral da árvore e deu batidinhas no vidro de uma janela arqueada.

— Chester! — sibilou. — Acorde e sinta o cheiro das rosas.

Chester, sonolento, abriu a janela em resposta, coçando a cabeça de cabelos despenteados. Quando viu Red, porém, o rapaz arregalou os olhos.

— Nossa, você tá viva?

— Estou — respondeu ela. — Você tá bem?

— Aham. Aposto que Ace já te contou sobre ontem.

Ela assentiu. Então olhou para os dois garotos.

— Olha… preciso que me contem mais sobre a Baía das Amoras.

Chester e Ace trocaram um olhar.

— O que você quer saber? — perguntou Chester.

Red suspirou.

— Todos sabemos que a "festa" foi um fiasco, certo? Sejamos sinceros: mal havia algo que os guardas pudessem contestar. Demos o melhor que podíamos, mas a gente simplesmente não sabe como fazer isso.

Ace fez uma careta, mas concordou.

— E eu acho… — continuou Red, devagar — … que o fato de todo mundo ter medo da Rainha de Copas não ajuda em nada. Estamos todos muito habituados, com medo do que pode acontecer se andarmos fora da linha. Posso não falar por todo mundo, mas admito: até eu estou tendo dificuldade de me desvencilhar do que aprendi quando era criança.

— Com certeza — falou Chester. — Mas o que isso tem a ver com a Baía das Amoras?

— Você disse que lá as coisas eram *diferentes*. Diferentes como? Porque parece que qualquer diferença em relação à forma como as coisas são nas regiões próximas ao castelo seria uma ótima notícia para a gente. E Twee e Dora disseram algo parecido na aula que elas me deram. O que você quis dizer exatamente, Chester?

O garoto deu um suspiro.

— Eu não quis dizer nada quando nos conhecemos, mas agora você já ganhou minha confiança. Red, o que sua mãe acha do mar?

Red hesitou.

— Hum… ela odeia o mar.

— Por quê?

— Porque não pode controlá-lo, porque acha que o sal e a areia dão coceira e deixam tudo sujo, porque ela odeia o cheiro de peixe... quer que eu continue?

— Com que frequência ela vai ao litoral? — insistiu Chester, a voz baixa.

— Quase nunca. — Red olhou para Ace, sem saber aonde Chester queria chegar, mas o menino só deu de ombros. — E eu também nunca fui.

— Então. — Chester entrelaçou os dedos. — É meio que um segredo conhecido que a Baía das Amoras não é muito de respeitar as leis da sua mãe.

— O quê? Como assim?

— É difícil explicar com *exatidão* — comentou Chester. — Nunca estive lá e, embora tenha sido onde meus pais foram criados, todo mundo toca no assunto de um jeito meio vago. Mas, como sua mãe nunca vai lá, acho que a ideia é que eles conseguem se safar bem mais quando não seguem as leis.

— Entendi — falou Red, sentindo o coração bater um pouco mais rápido. Era exatamente o que ela esperava ouvir. — Você sabia disso? — perguntou a Princesa para Ace.

— Mais ou menos — respondeu ele. — Mas eu ficaria surpreso se alguém da capital soubesse também. Eu mesmo só ouvi uma coisa aqui e outra ali.

— Eles precisam ter cuidado. Se a Rainha soubesse, ela acabaria com a alegria do povo — disse Chester.

— Podemos ir lá? — Red não se conteve mais. A garota precisava ir àquele lugar; quanto mais descobria sobre ele, mais cedo ela queria partir.

Chester sugou o ar entre os dentes.

— É arriscado. Não queremos colocá-los em risco.

— E as fronteiras da capital estão abertas somente para a locomoção de oficiais — acrescentou Ace. — Sua mãe determinou isso. Como a gente sairia da cidade sem que percebessem?

— Eu não sou oficial o bastante? — debochou Red. — Não sou a filha da Rainha de Copas?

— Mas aí sua mãe saberia aonde você foi — ressaltou Chester. — E isso a gente com certeza não quer.

— Damos um jeito — respondeu a garota. — Vai, a gente precisa fazer isso. Você não quer ver o lugar onde seus pais foram criados? Algum lugar que não se curve a cada capricho da Rainha? Ir até lá pode ser a chave para virar o País das Maravilhas de cabeça para baixo!

— Olha só, eu tô com você, Red — falou Ace. — Também fiquei curioso. Mas como iríamos para lá? Não dá pra ser andando. Precisaríamos passar pela Floresta de Tulgey, e é impossível fazer isso a pé. A floresta é conhecida por pregar peças e fazer as pessoas se perderem: as árvores mudam de lugar, as placas somem, coisas assim.

— Tá bem, tá bem — disse Chester. — Olha, tenho uma prima que trabalha com veículos de transporte da nobreza de vez em quando. Posso ver com ela se alguém estaria disposto a nos emprestar um carro.

— Beleza! Combinado, então — respondeu Red, ouvindo a confiança voltando à sua voz. — Vou tentar descobrir como a gente pode driblar os guardas. Ace, vê se consegue mais alguma informação sobre a Baía das Amoras. Sobre a história, o povo de lá, a paisagem, qualquer coisa pode ajudar.

— Sim, Vossa Majestade — respondeu Ace, mas com um sorriso no rosto.

Capítulo

16

A ciência do tempo e do espaço

Na manhã de segunda-feira, Red estava ainda mais determinada. Tinha passado o fim de semana vasculhando cada informação que pudera obter sobre a Baía das Amoras, o que acabou não sendo muita coisa. Só conseguiu encontrar uma descrição breve e vaga da cidade — coordenadas, população — em um livro de contabilidade referente ao domínio da Rainha. A biblioteca do castelo da mãe era menos uma biblioteca e mais um lugar onde guardar os cadernos de colagens que ela fizera de suas conquistas. Red ignorou o pedestal vazio no meio da sala ao passar, pronto e esperando pelo seu caderno de recordações de feitos reais.

Entretanto, a busca não foi em vão. No fundo do cômodo, havia uma estante antiga cheia de registros, mapas, gráficos e livros velhos que tinham sido deixados desde antes do reinado da Rainha de Copas. Red queria aprender mais sobre a Baía das Amoras, mas também precisava arrumar um jeito de sair da capital rumo ao litoral do País das Maravilhas.

Para ser mais específica, ela precisava de um bom mapa da Floresta de Tulgey.

Parecida com o labirinto de cerca-viva, a floresta protegia a capital de visitantes indesejados. Por outro lado, ao contrário das cercas-vivas, também fazia um ótimo trabalho ao impedir que os cidadãos do País das Maravilhas que moravam perto da capital chegassem às regiões mais longínquas. Em apenas uma tarde, Red descobriu cinco versões de mapas que mostravam a floresta enganosa. Todos os caminhos se interligavam em diferentes direções, e Red pensou que os mapas estivessem errados, até perceber que uma das linhas sinuosas não era uma trilha, mas sim um riacho.

— Aqui! — sussurrou para si mesma, traçando a marca com o dedo. Ela permanecia igual em todos os mapas. Analisando com cuidado, outras similaridades se revelavam. Depois de estudar muito, descobriu que cada mapa mostrava uma versão distinta dos padrões da floresta — cada um representava uma das maneiras em que ela podia se organizar para enganar os transeuntes.

Deu um trabalhinho — e uma ampla quantidade de marcadores coloridos — criar um mapa categorizado por cor que reunisse os cinco caminhos diferentes, mas logo Red sentiu que conhecia a área como a palma da mão. Transitar por ela na vida real, no entanto, seriam outros quinhentos.

— Fiz um progresso considerável com Tulgey — sussurrou Red para Chester quando entraram na sala de Maddox na manhã de segunda-feira. — Alguma novidade sobre o carro?

— Ainda não. — Chester franziu os lábios. — Mas minha prima disse que vai perguntar para alguns clientes esta semana, então veremos. Não é lá um pedido tão simples.

— Bom dia, bom dia — cumprimentou Maddox em voz alta.

Ele não deu nenhuma indicação de que sabia o que tinha acontecido no fim de semana ou de que alguma coisa tinha mudado. Os alunos na escola haviam voltado ao comportamento obediente, agindo como se Red não estivesse ali. Quem visse poderia até pensar que ela tinha sonhado a respeito dos acontecimentos da noite de sexta-feira.

— Espero que todos tenham tido um fim de semana agradável e monótono — prosseguiu Maddox. — Mas hoje vamos continuar nossa *brevíssima* exploração da física quântica, então é hora de botar o cérebro para trabalhar de novo. — Ele ficou pensativo por um momento, encarando a turma com os olhos iluminados, perversos, e colocando um dedo no queixo. Depois disse:

— Sr. Chester? Onde você está?

Chester ficou sem entender. Estava sentado a não mais de um metro e meio do professor.

— Hum, tô... tô bem aqui, ué.

— Estou vendo, mas *onde* é que você está, em relação a todo o resto?

— Ahhh. — Chester assentiu. — Hum, estou sentado à minha carteira, nesta sala de aula, no Colégio do País das Maravilhas, na capital do País das Maravilhas... — Ele coçou a cabeça. — Para ser sincero, não sei muito mais além disso.

— Você deu uma boa resposta à minha pergunta, mas não chegou até onde podia. — Maddox deu uma piscadinha e foi até o quadro. Ele desenhou dois pontos conectados por uma única linha, e nela desenhou um *x*. — Você está aqui, na primeira dimensão. Sabemos que pode se mover para a esquerda e para a direita ao longo do plano.

Ele desenhou mais linhas, transformando o segmento inicial em um quadrado.

— Eu já o vi se sentar e levantar da carteira, então também sabemos que está na segunda dimensão. Você consegue se mover dentro deste quadrado.

Em seguida vieram linhas diagonais saindo dos cantos do quadrado, que o transformaram em um cubo. O *x* que representava Chester continuou onde estava, como parte da forma que estava sendo desenhada ao redor.

— Também já o vi entrar e sair da minha sala, então sei que consegue se mexer para a frente e para trás, o que também o torna parte da *terceira* dimensão.

Chester assentiu.

— Então você me disse onde está no espaço físico — prosseguiu Maddox, fazendo uma pausa com o giz e franzindo o cenho para o quadro. — Mas não me disse *quando* está. Pense em... hum, digamos, um convite para uma antifesta. Talvez ele diga que está convidado a comparecer aos Jardins do Castelo para tomar chá e comer besteirinhas, talvez até para um jogo de croqué. Certo, mas você ainda não tem informação suficiente para conseguir ir, se quiser.

Ele puxou linhas para fora do cubo, criando um desenho complexo que deixou o primeiro cubo de Chester suspenso dentro de um ainda maior. Depois, balançou a cabeça e desenhou dois outros cubos, lado a lado, conectados por linhas tracejadas. Sacudiu a cabeça de novo e desenhou um cubo dentro de uma esfera, como uma bola de vôlei. Por fim, fez uma forma hexagonal estranha, com linhas se dobrando umas sobre as outras.

— A menos que a gente tenha o espaço *e* o tempo, não podemos saber ao certo onde a antifesta existe no espaço. — Maddox fez outros x no meio de cada um dos desenhos complexos. — Isso tudo é um conjunto de tentativas de visualizar a quarta dimensão: o tempo — explicou, batendo as mãos para tirar o pó do giz. — Cientistas ainda estão estudando, porque é muito difícil entender qual pode ser a forma do tempo quando não podemos vê-lo. Todos nós sabemos como é um cubo, mas um hipercubo, um tesserato, o nome para o que estão vendo aqui, fazem menos sentido. Por incrível que pareça, estudar o absurdo é um campo de pesquisas bastante rico. Agora, srta. Red, já entendemos que Chester pode se mover para a esquerda e para a direita, para cima e para baixo, para a frente e para trás no espaço físico. O que acha que vou perguntar a seguir?

Red olhou para o quadro e para o pequeno x em cada um dos desenhos.

— Ele pode se mover nas primeiras três dimensões — concluiu ela devagar. — Mas será que consegue se mover na quarta?

— A Princesa já sacou — falou Maddox, sorrindo.

— Ah, para de me chamar assim!

O professor continuou:

— É aqui que a coisa fica mais estranha ainda, onde a ciência, como sempre digo, vira um tanto mágica. Podemos nos mover em todas essas direções físicas como nos der na telha; posso subir em uma árvore e descer quantas vezes quiser. Se eu estiver a caminho da escola e me der conta de que esqueci meu almoço, posso me virar e voltar para o caminho de onde vim. No entanto, posso me atrasar por conta disso. Mas por quê? Por que não posso só voltar para o ponto no tempo em que me esqueci do almoço e depois voltar ao momento presente de novo?

Ele encarou a turma com as sobrancelhas erguidas em expectativa. Os alunos retribuíram o olhar, em silêncio como sempre.

Por fim, Maddox deu de ombros e falou:

— Simplesmente não sabemos. Talvez outras criaturas consigam viajar pela quarta dimensão, mas nós, humanos, pelo menos por ora, estamos presos, indo apenas adiante.

Red revirou os olhos. *Presos* parecia ser a palavra certa. Se ao menos ela conseguisse passar pelo tenebroso treinamento real, poderia voltar a consultar os mapas da Floresta de Tulgey. As coisas precisavam mudar em algum momento, não é? Ela só queria saber quando.

Mal sabia ela que tirariam a sorte grande naquele mesmo dia.

Capítulo
17

A grande fuga

— **R**eunião da Comissão de Festas do País das Maravilhas ao meio-dia — sussurrou Chester para Red no corredor da escola mais tarde naquela manhã.

Ela o encontrou próximo ao campo de croqué no almoço e se sentou ao lado dele nas arquibancadas pequenas feitas para assistir às partidas.

— Dá mesmo para considerar a Comissão de Festas do País das Maravilhas sem o Ace? — perguntou ela.

Assim que terminou de falar, porém, viu o próprio Ace saindo da trilha entre as árvores com a mão nos bolsos.

— Oi — falou ele sorrindo, correndo até os outros dois. — Que surpresa ver vocês aqui no meio do dia.

— Ace! — disse Red, irritada pelo tanto que estava feliz em vê-lo. — Por que estamos reunidos?

Chester apoiou os cotovelos nos joelhos, juntou os dedos esticados e olhou para os dois com uma expressão solene.

— Minha prima está com um carro na oficina. Chegou ontem à tarde, e ela tem três dias para mexer nele, mas é tão boa no que faz que já está terminando neste exato momento.

— Que ótima notícia! — falou Ace. — Mas o dono disse que podemos usá-lo? Fiquei pensando em como isso vai funcionar.

— Bem, eu não queria contar… — disse Chester. — Mas a gente provavelmente não ia conseguir a permissão mesmo, não importava *de quem* o carro fosse.

— O quê? — indagou Red. — Qual o plano, então?

Chester ficou acanhado em continuar.

— Eu e minha prima, nós já… pegamos carros para darmos umas voltinhas antes. Nunca carros de plebeus! — acrescentou rapidamente. — Só da nobreza e de gente rica, pessoas que poderiam arcar com as consequências de um imprevisto. E vou assumir a culpa se algo der errado; podemos dizer que foi uma briga familiar ou algo assim. A gente dá um jeito, não vai ser preciso envolver guardas.

— Sua prima não pode acabar arranjando um problemão? E se a gente bater o carro? — perguntou a menina.

Acabar se metendo em encrenca não traria problemas para Red, que, na verdade, estava bem acostumada, mas não queria causar problemas a mais ninguém.

— Os guardas nem se importam com causas pequenas no País das Maravilhas — falou Ace com ironia. — Se não envolver a Rainha, eles não dão a mínima. Não é o carro *dela*, é? Da Rainha?

— Hum, não, mas…

— De quem é? — perguntou Red.

Chester fez uma careta.

— Da Duquesa.

— Putz — respondeu Ace.

Red levou as mãos ao quadril e mordeu a bochecha por dentro da boca, pensativa.

— Não é o ideal — falou —, mas se tem *certeza* de que a gente pode fazer isso, talvez dê certo...

— Não temos muito tempo. — Chester balançou a cabeça. — Minha prima só vai ficar com o carro até depois de amanhã.

— Então vamos hoje à noite — propôs Ace. Red e Chester olharam para ele com surpresa. — Por que não? — Ele deu de ombros. — Às vezes as coisas funcionam melhor *sem* planejamento e, sendo honesto, nosso tempo está se esgotando. Red, depois da Cerimônia do Chá... — Ele franziu os lábios e a encarou. — Não sei mais o que vai rolar. Mas tenho uma sensação estranha de que você não vai mais conseguir planejar uma festa como consegue agora.

Um arrepio percorreu a espinha de Red. Ela não tinha pensado muito no que viria *depois* de seu primeiro decreto real; como será que as coisas mudariam? Será que sua mãe a tiraria da escola para fazer mais pela coroa? Será que ela conseguiria ver Chester e Ace com a mesma frequência de agora? A Rainha de Copas queria que Red tivesse poder e autoridade, mas isso nunca significaria sobrepujar a própria Rainha.

— Então vamos — falou Red. — Vou dizer para a minha mãe que estou fazendo um treinamento especial. Vou dizer que... ai, sei lá, invento alguma coisa. Peguem o carro e me encontrem na trilha às cinco horas em ponto, está bem?

— Tô dentro — topou Chester. — Mas a gente já chegou a resolver como passar pelos soldados-cartas na fronteira?

— Acho que tenho um plano quanto a isso. Só preciso de um tempo. — Red olhava para o terceiro andar do Colégio do País das Maravilhas e para a fileira de janelas amplas das salas administrativas.

Red suspirou fundo, depois bateu à porta da Duquesa com impaciência.

— O que foi? — vociferou uma voz lá de dentro. — Entre.

Red tentou abrir a porta, mas estava trancada. A menina ouviu um resmungo do outro lado.

— Espera aí, espera aí... Já não basta não me darem criados nesta escola ridícula, ainda preciso abrir minha própria porta...

A tranca virou e a porta foi aberta sem cerimônia.

— Ah! — exclamou a Duquesa quando viu Red. — Boa tarde, Princesa Red. Como posso ajudá-la?

Red entrelaçou as mãos às costas e encarnou O Olhar, entrando na sala conforme a analisava com desdém — embora fosse melhor do que qualquer sala de aula no edifício, com mobília de carvalho e uma mesa antiga diante das janelas amplas. Em uma parede havia uma estante alta, repleta de livros didáticos, guias de boas maneiras e cópias da autobiografia da Rainha de Copas, *A rainha que ganhou nossos corações*. Na outra parede ficava um guarda-roupa alto de madeira esculpida.

— Trago uma mensagem da minha mãe — anunciou Red. — Que me contou que a senhora *ainda* não respondeu ao convite. A senhora Duquesa por acaso entende que a cerimônia é *neste* sábado? O tempo está se esgotando.

— Mas, Princesa Red, mandei minha confirmação de presença por correio na sexta, do jeitinho que disse que faria.

— Bem, ela não chegou. — Red a encarou. — Portanto minha mãe solicitou que eu levasse sua resposta pessoalmente, em papel timbrado.

— Está bem — disse a Duquesa, incerta. — Bom, já que é necessário...

— Ainda hoje, Duquesa — pressionou Red. — Preciso ir para o meu treinamento.

— Claro, claro — concordou a Duquesa, envergonhada.

A diretora se sentou à mesa larga e mexeu nas gavetas. Red olhou ao redor, procurando um relógio, mas não teve essa sorte. Havia pedido a Chester que esperasse cinco minutos e, depois, causasse um tumulto. Ia ser apertado.

A Duquesa enfim encontrou uma caderneta de folhas pautadas, cada página com o título *Do escritório da Duquesa do País das Maravilhas, diretora do Colégio do País das Maravilhas* e o emblema da escola. Ela escreveu um recado no papel, incluindo o que parecia ser um pedido de desculpas, e o entregou a Red.

— Isso serve?

Red olhou o papel de relance e suspirou.

— Acredito que sim — disse, depois guardou na mochila o bloco de papel de carta inteiro, com a confirmação de presença e todo o resto.

— Ah, mas os meus papéis...

Paff. Um barulho alto veio do corredor, seguido por mais sons de arranhões e batucadas.

— O que é que está acontecendo aí fora? — gritou a Duquesa, abandonando o semblante nervoso e ficando vermelha de raiva. — Eu te *expulso* desta escola, está me ouvindo? Quem é que está aí? Vai se arrepender de ter vindo estudar no Colégio do País das Maravilhas.

A diretora saiu da sala. Red exultou, torcendo para que Chester fosse tão bom em desaparecer quanto havia prometido. Ela não tinha tempo a perder.

Correu para o guarda-roupa e revirou as peças lá dentro — casacos grossos, echarpes de seda, até uma capa, tudo no tom de cinza da paleta pessoal da Duquesa. Em seguida, a menina encontrou o objeto que procurava: a tiara larga com um véu que a diretora só usava nas antifestas mais chiques. Red a pegou junto com a capa, só para garantir, enrolou o tecido e colocou o fardo debaixo do braço. Por fim, fechou o guarda-roupa e saiu para o corredor.

Um busto enorme da Rainha de Copas, que geralmente ficava num pedestal na frente de escritórios administrativos, estava quebrado no chão. Havia pedaços de gesso e argila branca espalhados. Por sorte, Chester não estava por perto. Alguns dos outros professores tinham saído da sala para avaliar o estrago, e a Duquesa já estava em vias de gritar com o zelador da escola.

— Pois bem, o senhor viu quem fez isso? — gritou. — Viu *alguma* coisa? Limpe essa bagunça! Na verdade, não, talvez seja melhor mandarmos procurarem digitais. Em nome do Jabberwocky, ninguém conte à Rainha. Ela vai pedir a minha cabeça numa bandeja... a cabeça de todos nós...

Red se enfiou na multidão e desceu pela escada. Enquanto fazia isso, pensou ter visto o sorriso largo de Chester em algum lugar entre a aglomeração de professores.

No treinamento daquela tarde, depois de Red ter compartilhado sua ideia mais recente acerca do decreto real — a proibição completa da existência de areia, recebida com um "Já está melhor, mas ainda não é excelente, querida" da mãe —, ela entregou o papel dobrado da diretora.

— O que é isto? — A Rainha de Copas franziu o cenho. — Da Duquesa?

— Não sei. — Red deu de ombros. — Ela me pediu que entregasse isso hoje.

A Rainha revirou os olhos e estalou os dedos para um dos sapos-mordomos, que discretamente lhe deu um par de óculos de leitura em formato de coração. Desdobrou o bilhete e o olhou, ajustando a distância do papel do rosto.

— Hum. Como desculpa pela confirmação de presença tardia, ela quer te oferecer uma sessão de treinamento suplementar hoje à noite e amanhã, no ducado dela.

— Ah, é?

A Rainha de Copas franziu a testa.

— Bem, ela não sabe nada a respeito de decretos reais. Aliás, tampouco Twee e Dora. E logo você vai exercer sua jurisdição sobre o Colégio do País das Maravilhas e o ducado dela também.

— Então seria bom eu começar a estabelecer uma parceria com a Duquesa?

— *Há-há!* — gargalhou a Rainha, estremecendo com o riso e secando uma lágrima. — Ai, ai, viu! Não. Seria bom você colocá-la *no lugar dela*. Mostrar-lhe quem é que manda! Ganhar inspiração para o decreto!

— Preciso mesmo? — suspirou Red, fingindo relutância.

— Sim. — A Rainha de Copas voltou a dobrar o papel e o jogou de lado, sem se importar em lê-lo com muita atenção (embora, se o tivesse feito, talvez percebesse que a letra da "Duquesa" em muito se assemelhava à de Red). — Mas você vai aprender a amar o ofício, minha filha, não se preocupe.

— Está bem — aceitou Red. — Vou arrumar minhas coisas e esperar por ela lá fora.

Não demorou até Red estar na frente do labirinto de cercas-vivas do castelo com uma mala de viagem nas mãos e um sorriso triunfante no rosto. Quando o carrão branco da Duquesa encostou no limiar da floresta, a jovem notou a expressão de surpresa de Chester e a alegria de Ace.

— Parada aqui fora em plena luz do dia — admirou-se Chester quando parou o veículo. — Como conseguiu?

— Não se preocupe com isso — falou Red. Jogou a bolsa no banco de trás e abriu o zíper. — Ei, vocês dois, coloquem isto.

Os garotos desenrolaram os rolos de tecido vermelho, descobrindo uniformes de sapos-mordomos. Havia também camisas brancas e gravatas-borboleta pretas.

— Apertadinhas, né? — falou Ace, puxando as mangas.

— Foram as maiores que encontrei — desculpou-se Red. — E eu vou usar isto aqui...

De dentro da bolsa, ela pegou a capa cinza de pele que tinha roubado da Duquesa e a jogou sobre os ombros. Em seguida, veio a tiara de véu, que escondeu seu rosto.

— Sinistro — disse Chester. — Nunca saberia que é você. Consegue enxergar por trás desse troço?

— Mais ou menos. Vamos logo!

— É melhor colocarem os cintos. Esse negócio voa — alertou Ace.

Com o pé no acelerador, Chester fez o carro dar um solavanco para a frente. Eles zarparam pela estrada da floresta, com o crepúsculo avançando enquanto seguiam para a Floresta de Tulgey.

Capítulo 18

Cruzando fronteiras

No início, tudo correu bem. Os três passaram pela escola, deram a volta no Pântano Cabisbaixo, atravessaram a campina onde ficava a Casa do Chapeleiro e percorreram o primeiro terço da Floresta de Tulgey sem muitos problemas. Chester parecia nunca ter se divertido tanto na vida ao pilotar o carro, e Red sentia seus batimentos acelerados de empolgação enquanto cruzavam a distância de uma fileira de cinquenta soldados-cartas, depois cem, enfim duzentos, ultrapassando o ponto mais longínquo pelo qual Red já passara antes. O vento soprava pelo volume aberto do veículo, fazendo os cabelos deles e o véu que a Princesa usava esvoaçarem com alegria. O dossel verde-escuro das árvores e os vaga-lumezinhos misteriosos pareceram receptivos a princípio.

Depois, Ace apontou para um grande afloramento de rochas.

— A gente já não tinha passado por isso?

— Umas duas vezes, no mínimo — respondeu Red, preocupada.

— Em nome dos Ouros — xingou Chester. Ele reduziu a velocidade, fazendo o carro engasgar. — Cadê aquele mapa, Princesa?

— Aqui. — Chegara o momento para o qual Red tinha se preparado; ela passou o grande pergaminho para o banco da frente. — Encontrem as rochas. Dá para ver em qual versão do mapa estamos?

Ace estudou os desenhos com cautela, depois localizou o amontoado de pedras nas páginas.

— Tá, dá para ver aqui. As rochas cruzam tanto com o caminho vermelho quanto com o amarelo. O vermelho mostra um percurso à esquerda, que é esse aqui. Vê como ele se dobra sobre si mesmo? Deve ser por isso que estamos presos num loop. Mas o amarelo indica que deve haver uma estrada à direita também.

Eles olharam, mas a floresta parecia densa e cheia do lado direito do carro.

— Chester, tenta ir pra lá mesmo assim — sugeriu Red. — Vamos ver o que a gente encontra.

— *Nananinanão* — protestou ele. — O carro vai acabar todo riscado.

— Por favorzinho? — insistiu a menina. — Vai devagar, só quero ver o que tem lá.

— Tá bem, tá bem — resmungou o garoto, pisando no acelerador.

À medida que o carro se aproximava da parede de árvores, eles pouco a pouco viram que era parecido com o cenário verde que ocultava a clareira da floresta — uma ilusão de ótica, com a flora organizada para esconder outra estrada.

— Ali! — gritou Red. — O caminho amarelo!

— Pelas escamas do Jabberwocky, não é que você estava certa mesmo?

Chester sorriu e meteu o pé no acelerador. Logo chegaram a um novo território. Red achou ter sentido a floresta tremer e retumbar — só um pouquinho, vai ver ela tinha imaginado —, como se o lugar estivesse irritado com o fato de terem decifrado o joguinho dele.

Após mais algumas voltas, chegaram a outro caminho sem saída.

— Ace? — falou Chester.

— O caminho roxo tá indicando para ir reto.

Eles só conseguiam enxergar um cume que levava a um espaço vazio. No entanto, conforme Chester os levava ao topo, viram que a estrada descia de volta bem nas profundezas da floresta.

Não tardou até que estivessem navegando entre as árvores como especialistas, Chester em pleno comando da direção (mesmo quando não havia caminho à vista), Ace dando as direções e Red no banco de trás rindo da alegria deles. Não importava quanto a floresta ficava mais densa ou tentasse confundi-los, o carro seguiu veloz até que as árvores ficassem mais esparsas adiante.

— Chester, diminua um pouco a velocidade — disse Red. — Estão vendo o mesmo que eu?

Eles haviam atravessado a floresta quase inteira e tinham ido parar num campo escuro e aberto. A cerca de um quilômetro e meio à frente deles havia uma única luz.

— Aquele é o pedágio da capital? — sussurrou Ace. Cada um deles teve o mesmo instinto de abaixar a cabeça e ficar quieto.

— Deve ser — murmurou Red. Ela arrumou a tiara e o véu da Duquesa para se certificar de que cobririam seu rosto. — Vão no embalo do meu improviso.

Chester diminuiu a velocidade e seguiu com cuidado em direção à luz. Ao se aproximarem, viram uma cabana vermelha, dois soldados-cartas e, por mais absurdo que fosse, uma cancela listrada que barrava somente aquele caminho estreito, mas não o espaço aberto ao redor.

Por mais esparso que fosse, o pedágio parecia sinistro ali no meio do nada. À distância, as regiões desconhecidas do norte do País das Maravilhas permaneciam invisíveis na escuridão.

— Parem — ordenou o primeiro guarda quando o carro se aproximou. Ambos os soldados-cartas deram uma olhada dentro do veículo. Red viu Chester cerrar o maxilar, e ele e Ace mantiveram o olhar fixo à frente.

— Qual é o motivo da viagem? — perguntou o segundo guarda de maneira mecânica.

— Trazemos a Duquesa para um compromisso, senhor — falou Chester numa voz grave.

— A Duquesa não nos notificou acerca de nenhum compromisso desta noite.

— E ela por acaso não tem sapos de empregados, como a Rainha? — questionou o primeiro guarda, apoiando as mãos na porta do motorista. — Vocês dois parecem jovens *demais* para estarem dirigindo este carro.

Red cruzou os braços e vestiu sua cara de pau:

— Que audácia! — gritou de dentro de veículo. — Esperam que eu envie meu itinerário a cada soldado-carta no País das Maravilhas? Tenho um compromisso urgente no Pomar dos Cogumelos e estes são meus... estagiários. Alunos da escola que participam de um programa especial para aprender a servir à nobreza.

— Pedimos desculpas, Alteza, mas juramos proteger as fronteiras do...

— Sim, sim — falou Red, fazendo o melhor que podia para parecer entediada. — Entendo que têm um trabalho a fazer, mas estamos com pressa.

— É claro. Só precisaremos fazer uma triagem de rotina.

Ele se inclinou e olhou ainda mais de perto para os garotos. O outro guarda usou a espada para cutucar a placa na frente do carro. De rabo de olho, Ace lançou um olhar desesperado para Red.

— Já basta! — gritou a menina. — Não toquem no meu carro! — Ela bufou sob o véu. — Se precisam tanto saber, estou indo ver uma costureira no Pomar do Cogumelo para arrumar meu vestido para a Cerimônia do Chá anual, que acontecerá este fim de semana. Se não nos deixarem passar *imediatamente* e me fizerem perder o compromisso, direi à Rainha que a culpa por estar vestida inadequadamente é de vocês! Já vi o número dos distintivos! Quatro de Paus e Três de Copas? Acredito que Sua Majestade ficará muito interessada em saber que seus guardas estão sabotando os preparativos da cerimônia, é o que eu acho!

Os guardas logo se afastaram e trocaram um olhar.

— Por favor, Alteza — disse o Quatro de Paus. — Não recebemos um comando real há semanas. *Só* se fala na Cerimônia do Chá. Se ela achasse que estamos impedindo os preparativos, mandaria cortar nossas cabeças.

— Pois então saiam do nosso caminho — gritou Red.

Afoitos, eles saíram da estrada e levantaram a cancela, esbarrando um no outro de tão apressados.

— Talvez eu me esqueça deste pequeno contratempo — murmurou Red, ajeitando-se de volta no banco. — Mas, para isso, é bom que nossa passagem na volta seja mais rápida.

— É claro, Alteza — disse o Três de Copas. — Boa viagem!

Ao ouvir isso, Chester pisou no acelerador e o carro avançou.

— Estou impressionado, como sempre! — alegrou-se Ace, virando o pescoço para olhar Red com admiração.

Ela arrancou o véu e a tiara, pois a tinham feito coçar e suar durante o interrogatório. Sentiu o ar da noite gélida no rosto enquanto dirigiam, que recebeu com alívio.

— Valeu — arfou. — Por um segundo achei que seríamos desmascarados.

— Eu também — concordou Chester, falando mais alto que o rugido do motor. — Mas vamos esquecer isso agora. *Olhem só!*

Red olhou e o coração da menina foi parar na garganta. Bem no horizonte, uma luzinha piscava no breu da noite. Em seguida, veio outra e mais uma, enquanto a estrada se curvava e revelava as luzinhas emergindo de trás de colinas altas na escuridão.

Chester acelerou.

— Aí está a Baía das Amoras.

Capítulo
19

Vou contar pra sua mãe que você gosta de amoras

Foi difícil enxergar muito da cidade até estar quase no limite. A Baía das Amoras ficava à beira de um aglomerado de penhascos altos, com base no que Red via do mapa. Chester dirigiu até um vale, e de repente eles conseguiram ver a cidade adiante: um amontoado alegre de edifícios e luzes.

A primeira coisa que Red notou foi a disposição. Ao contrário das estradas em grade ao redor do castelo e os cantos retos do labirinto de cerca-viva, a Baía das Amoras era circular, com ruas em espiral que contornavam o centro do lugar.

À medida que se aproximavam, Red viu que os prédios também tinham o cinza típico da legislação da capital, mas havia algo diferente neles. Eram prédios mais antigos, tortos de um jeito até charmoso em meio ao ar salgado, nada parecidos com as formas impecáveis da capital do País das Maravilhas. Eram imperfeitos. Guirlandas de salgueiro enfeitavam as portas, do mesmo jeito que Red vira na casa de Chester, e esculturas em madeira de embarcações e vidro marinho colorido decoravam os jardins.

Embora o sol já tivesse se posto, algumas pessoas ainda andavam pelas calçadas, olhando com interesse para o carrão branco conforme ele passava. Suas roupas eram cinza e monótonas como as de qualquer outra pessoa do País das Maravilhas, porém, da janela do carro, Red viu lenços num tom de verde-água e botões e brincos artesanais feitos de conchas brancas e coral.

— Queria ter avisado aos meus pais que eu viria — murmurou Chester do banco do motorista.

— Você não falou? — perguntou Ace.

— Eles não teriam me deixado vir. Não gostam de falar daqui, e eu... sei lá. Acho que se desentenderam com a família quando foram embora.

— Como puderam ir embora? — sussurrou Red. — Ainda vimos pouca coisa, mas já quero passar o resto da vida aqui.

Ela não conseguia colocar em palavras o que era — o cheiro salobro do ar, o vento forte que refrescava as ruas, os pontos de cor vibrante que brilhavam na noite. Mas, por algum motivo, nunca tinha se sentido tão tranquila.

— Sabia que seria legal — murmurou Ace no banco da frente. — Mas não *tanto* assim.

A cidade estava quieta enquanto Chester dirigia pelas ruas estreitas e tortuosas. Embora estivessem um pouco deslocados com o veículo de luxo, Red ainda sentia um certo senso de anonimato. Ninguém ali sabia quem ela era, mesmo sem o véu da Duquesa. Como poderiam? Ela duvidava de que muitos ali tivessem ido além da Floresta de Tulgey. E, apesar de ser impossível não reconhecer a Rainha de Copas com sua vestimenta real e cabelo exótico, Red preferia pensar que ela mesma podia passar despercebida.

— Acho que você me contou sobre um lugar para ficar, Ace — falou Chester. — Onde era mesmo?

Ace pegou um mapa menorzinho do bolso e o consultou.

— É para ser logo ali na frente: a Estalagem da Tartaruga.

— Que lugar é este? — perguntou Red.

— Uma pequena pousada próximo à praça da cidade — explicou Ace. — Minha mãe tinha um guia antigo, de antes de restringirem as viagens entre as regiões, e achei que parecia ser um lugar legal. Além do mais, é uma das poucas opções que temos.

— Que bom que se planejou de antemão, porque eu nem parei para pensar em onde poderíamos ficar. Boa! — Ela sorriu, e ele retribuiu o sorriso.

Chester estacionou à frente da pousada — um edifício alto de madeira que tinha o telhado mais rústico do que tudo que Red já tinha visto.

Quando o garoto desligou o motor, Red ouviu um rugido constante ao longe.

— Isto é o que estou pensando? — perguntou ela para ninguém em particular.

Chester sorriu para ela.

— É o mar. A gente precisa ir lá amanhã.

Red olhou para a escuridão entre as casas, desejando poder ter um vislumbre do mar.

Red duvidou de que o interior da pousada tivesse mudado muito nas últimas décadas — talvez até antes de sua mãe assumir o trono. Era do jeitinho que ela imaginava que seria um lugar numa história infantil: recepção com um balcão grande de carvalho, poltronas de couro aconchegantes, uma fogueira crepitante na lareira de pedra, tão alta que quase ocupava toda a parede. No entorno, havia estantes de livros, cheias de tomos *reais* sobre literatura, história e ciência. Red sentiu uma pontadinha de nostalgia, desejando que Maddox estivesse ali para ver aquilo.

MELISSA DE LA CRUZ

Um idoso com óculos minúsculos e um rosto castigado pelo tempo desviou a atenção do livro que tinha em mãos e olhou para eles de trás do balcão. Ajeitou os óculos sobre o nariz e arqueou as sobrancelhas para o cabelo ruivo alvoroçado de Red.

— Posso ajudá-los? — perguntou.

— Dois quartos — falou Red, ainda absorta no charme do lugar. Ela sentiu um cutucão no braço e percebeu que Ace estava olhando feio para ela. — Ah, por favor, senhor — corrigiu-se, envergonhada. Parecia que o treinamento de tirania real da Rainha estava dando bastante resultado. — Se não for muito incômodo.

O homem assentiu.

— Vocês vêm de fora da cidade?

A pergunta soou um tanto grosseira, mas Red sentiu uma certa tensão na voz do homem. Ela hesitou ao colocar a bolsa com o dinheiro da mesada sobre o balcão.

— Sim, lá de Marmoreal — interveio Chester. — Viemos visitar parentes.

— Ah! — O dono da estalagem deu um sorriso rápido. — Quem são? A cidade é pequena, sabem como é…

O sorriso de Chester, por outro lado, desapareceu.

— Hum… minha tia Charlotte e seu marido. Os Cheshire.

— Ah, é? Nem sabia que eles ainda tinham parentes.

— Têm, sim — respondeu Chester com um pigarro enquanto Red pegava as chaves. — A gente só… não se vê muito.

— É difícil mesmo, ultimamente. — O idoso deu um aceno de cabeça. — Diga a eles que mandei um oi.

— Pode deixar. — Chester enfiou as mãos nos bolsos e eles subiram as escadas.

— Como fez isso? — sibilou Ace. — Chutou um nome e deu sorte de ele o conhecer?

— Não foi um chute, minha tia Charlotte mora aqui mesmo — murmurou Chester. — Não que eu a tenha conhecido, mas... o que foi aquilo de "nem sabia que eles ainda tinham parentes"? O que isso significa, eles nos deserdaram ou algo do tipo?

— Talvez não seja um assunto muito comentado — ponderou Red. — Este lugarzinho é *mesmo* bem remoto...

— É, veremos.

Eles se ocuparam instalando-se nos quartos, e logo os três observavam, do segundo andar da pousada, a cidadela aconchegante que era a Baía das Amoras. As janelas davam para o norte, em direção ao mar, e Red não conseguia desviar os olhos — ela nunca tinha visto tanto vazio.

— Tem certeza de que é ali mesmo? — perguntou a menina.

— Você vai ver. — Ace se inclinou no parapeito e sorriu para ela.

— Por onde devemos começar? — perguntou Chester, parecendo inquieto.

— Não fui muito a fundo na busca de contatos — admitiu Ace. — Este lugar é bastante escondido. Mas pensei em ver quem a gente consegue encontrar.

— Bom, estou morrendo de fome. — Chester deu tapinhas na barriga e apontou para o lado de fora da janela. — Vamos começar por ali.

Do outro lado da rua, à frente da Estalagem da Tartaruga, havia uma cafeteria muito mais convidativa do que os estabelecimentos sisudos da capital, cuja luz se espalhava até a praça da cidade. Os restaurantes no País das Maravilhas eram tão escassos que as pessoas geralmente comiam em casa, e qualquer comportamento tumultuoso era desencorajado. Portanto, Red ficou perplexa quando entrou na Brioche & Borboleta, viu mesas lotadas de clientes famintos e ouviu o ruído vibrante de conversas. Fora seus jantares com a mãe, as raras experiências de Red com refeições compartilhadas eram quase todas no refeitório silencioso do Colégio do País das Maravilhas. Ela olhou para os garotos de olhos arregalados, e eles retribuíram sua expressão de "você está vendo o mesmo que eu?".

Red, Ace e Chester encontraram alguns lugares vazios e examinaram ao redor. Num piscar de olhos, apareceu uma garçonete com uma cesta cheia de pão fresco e manteiga, com pães até mais macios e manteiga mais cremosa do que as cozinhas do castelo serviam.

— Já querem pedir alguma coisa? — perguntou a moça.

Os adolescentes trocaram olhares. Tinham pouca experiência com restaurantes.

— O que... o que vocês têm? — perguntou Red.

A garçonete estalou a língua.

— Temos chá, café preto, refrigerante de...

— Refrigerante? — perguntou Chester, atônito. — Como? Bebidas gaseificadas são ileg...

— Ele quer dizer: a bebida é local ou...? — interrompeu-o Red rapidamente.

A moça sorriu, mas olhou desconfiada para os três.

— Artesanal, é claro. Exclusividade da Baía das Amoras. Vocês são de fora?

— Ele não sai muito, não — falou Ace, apontando o polegar para Chester e sorrindo como se para dizer "o que vamos fazer com ele?".

— Três refrigerantes — respondeu Red. — E talvez alguns sanduíches. Hum, por favor. Obrigada.

— Foi mal — disse Chester quando a garçonete foi embora, afastando a franja da testa. — Não sei o que foi que me deu. Sempre quis experimentar refrigerante. É, tipo, meu objetivo de vida. Nunca pensei que teria essa oportunidade.

— Tudo bem — murmurou Red. — Estamos todos tendo um choque cultural.

No entanto, nada podia tê-los preparado para o que aconteceu em seguida.

Perto da parede dos fundos da Brioche & Borboleta havia uma pequena plataforma alta a que Red mal tinha dado atenção quando chegaram. Contudo, enquanto esperavam pelas bebidas, um homem subiu na plataforma e pegou um instrumento de madeira polido e um arco fino.

— Não pode ser — admirou-se Ace num sussurro.

Testemunharam o homem levar o violino ao queixo e tocar as cordas. Um som que Red nunca tinha ouvido antes preencheu o salão, um som ao mesmo tempo irregular e extenso; agudo, suave e caloroso. O instrumento produziu um ritmo próprio, um gemido meloso que parecia chegar ao segundo andar e se esticar pelo chão.

Red e os garotos encararam tudo surpresos. A Rainha de Copas apenas permitia que canções escritas em sua honra fossem tocadas ao vivo, e sempre executadas pelo quarteto de cordas do castelo, composto por sapos-mordomos. O violino pertencia à mesma família de instrumentos, mas a música tinha vida própria. Não pertencia a ninguém.

Imersos na apresentação, os três adolescentes se assustaram quando a garçonete bateu os canecos de vidro na frente deles.

— Bem — disse Chester, com o rosto corado e iluminado —, vamos ver no que vai dar. — Ele levou o copo pesado aos lábios e bebeu como se estivesse morrendo de sede. Depois, cuspiu o líquido na mesa.

— Chester! — gritou Red.

— Foi mal. É meio... picante? Minha língua está formigando. Vocês têm que experimentar.

Red deu um golinho e estalou os lábios.

— Eita. Estranho. — O líquido caramelo e doce deixou mesmo uma sensação diferente de formigamento. — Mas... acho que gostei.

Ace colocou a mão no peito quando os sanduíches chegaram.

— Nunca pensei que ficaria tão feliz ao ver a boa e velha combinação de presunto e queijo.

Era verdade; por mais comum que a comida fosse, o gosto era melhor do que qualquer outro sanduíche que Red já tinha comido. Ela olhou ao redor enquanto comiam, vendo como os moradores da cidade eram descontraídos, de sorrisos leves e postura confortável. Era como o vislumbre que ela tivera com os jovens do País das Maravilhas na festa da floresta, só que amplificado. Red olhou para os acessórios feitos de conchas, cada peça única e pessoal, não uniforme como deveria ser.

Isso, também, devia ser uma forma de rebelião. Não precisava ser nada ostensivo e chamativo. Podia começar aos poucos.

Imersa em pensamentos, Red de repente notou uma pessoa de pé próxima ao bar, olhando feio para a mesa deles. Era uma menina alta com um rosto redondo e cabelo loiro-claro preso num rabo de cavalo, usando uma saia cinza e um suéter escuro. Ela parecia ser um pouco mais velha que Red, e algo nela era muito familiar. Quando Red retribuiu a carranca, a menina pegou o próprio caneco de refrigerante e foi até eles.

— De onde vocês disseram que vinham mesmo? — perguntou ela com frieza.

— Hum... — Red olhou para os garotos; Ace congelou com o garfo quase na boca. — De Marmoreal. Por que a pergunta?

— O que estão fazendo aqui?

— Estamos de visita — interveio Chester.

— Isso é mentira. — A menina semicerrou os olhos para Red. — Cabelo vermelho-vivo, o emblema real na jaqueta de couro. Acha que não sei quem você é? Você é a filha da Rainha, a Princesa, sem sombra de dúvidas. Foi ela que te mandou para cá?

— O quê? Não! — rebateu Red.

— Veio nos espionar? Ela está tentando descobrir como vivemos aqui na Baía das Amoras?

— Ei, calma aí — disse Ace. — Ninguém está espionando ninguém.

Algumas pessoas nas mesas próximas olharam. Red sentiu o rosto começando a arder.

— Olha, eu não te conheço e só estou tentando ter um jantar agradável com os meus amigos. Por que não nos deixa em paz?

— Só se vocês também nos deixarem em paz — resmungou a garota. Deu um gole na bebida e depois voltou a se misturar à multidão.

— O que é que foi *isso*? — murmurou Ace.

— Deixa pra lá — respondeu Chester. — Mais uma rodada de refrigerante?

Mas a voz da menina ainda ecoava nos ouvidos de Red. Ela enrolou o cabelo, jogou-o atrás das costas e se encolheu mais na poltrona.

Capítulo
20

Rostos familiares

Apesar do confronto, naquela noite na Estalagem da Tartaruga Red teve sua melhor noite de sono em anos. Estar tão longe dos olhos ávidos da mãe e de suas responsabilidades exaustivas a fez se sentir incrivelmente descansada. Até o ar parecia mais fácil de respirar ali.

Assim que um raio de luz entrou pela cortina, Red pulou da cama e afastou as persianas da janela. Ali, imenso e azul diante dela, estava o mar em toda sua expansão interminável.

Red não conseguia parar de olhar. Era ainda maior do que ela pensava, mais poderoso do que qualquer ilustração que tivesse visto num livro. O brilho do sol reluzia na água e criava pontos iluminados que a garota enxergava até quando fechava os olhos.

Ela, Ace e Chester tomaram o café da manhã na pousada, onde havia leite fresco para o mingau de aveia e cubinhos de gelo para o chá. Red girou a cadeira para trás para conseguir ver a água, e Ace riu dela. Era estranho pensar que naquele mesmo momento os alunos do Colégio do País das Maravilhas também estavam dando início ao dia, comendo tigelas de mingau frio e bebendo copos de água.

— E aí, qual é o plano? — perguntou Chester enfim.

— Tem alguma escola por aqui? Talvez a gente pudesse ir atrás de gente da nossa idade e... pedir uns conselhos? — sugeriu Ace. — Ou podíamos ir até a praia ver se tem alguém que... hum... ai, quer saber? Na real, não achei que a gente fosse chegar tão longe assim.

— Pois é, eu também não — admitiu Red. — Mas acho que conversar com as pessoas pode ser uma boa ideia.

Quando terminaram de comer o máximo de mingau de aveia que podiam, os três se enfurnaram no carro da Duquesa e Chester ajustou os retrovisores.

— As ruas aqui são muito mais estreitas que as da capital — comentou. — É minha única reclamação sobre o lugar. Não é uma cidade construída para carros.

Ele pisou com cuidado no acelerador e depois relaxou o pé.

— Cuidado com aquele pedestre — alertou Ace, um tanto de lado no banco do passageiro. — E agora tá vindo um grupo de crianças. Pronto, agora pode ir.

Chester acelerou um pouco enquanto Red olhava para o outro lado.

— Espera aí, Chester, tem...

Mas não deu tempo. Chester bateu com tudo na lateral de um carrinho de ostras que tinha aparecido do nada. A grade do carrinho se abriu, derrubando as conchas cinza em todo o lugar: no banco de trás, em cima do carro, na rua. Red cobriu o nariz e a boca.

— Pelo naipe de Paus! — exclamou o garoto. — Alguém se machucou?

Ace saiu do carro e deu uma olhada no estrago. Fez uma careta.

— Só o carro. Um pouquinho.

O dono do carrinho foi até eles.

— Copas! — Ele tirou a cartola. — Não vi vocês aí.

— Foi mal — desculpou-se Chester. — Seu carrinho está inteiro?

— Parece estar. Mas não dá para dizer o mesmo do de vocês.

Chester grunhiu, vendo o arranhão na pintura creme.

— Tudo bem — falou Red, descendo do veículo e tentando não vomitar por causa do cheiro de peixe. — Vamos ajudar a limpar esta sujeira, e depois encontrar um lugar para consertar o carro, Chester.

Os quatro colocaram a mão na massa, pegando as ostras caídas e as colocando de volta no carrinho. Na metade do trabalho, Red sentiu um mal-estar ao ver que a menina da taverna da noite anterior estava do outro lado da rua de braços cruzados, observando-os atentamente.

Para a surpresa de Red, ela se aproximou deles e pegou uma ostra.

— Posso ajudar?

Red ficou sem entender, mas concordou.

— Fique à vontade.

Com a ajuda da menina, logo deram um jeito na bagunça e acenavam para o pescador enquanto ele partia.

A garota se virou para Red e a olhou bem fundo nos olhos.

— Você *é* mesmo a filha da Rainha de Copas, não é?

Red não disse nada, mas imaginou que a expressão em seu rosto fosse resposta o suficiente.

— Tudo bem — falou a menina. — Olha, desculpa ter sido tão grosseira ontem. Eu não devia ter te julgado logo de cara. Apenas presumi o pior. Mas, quando vi você descer do carro para ajudar o homem, soube que a havia julgado errado. A Rainha de Copas *jamais* faria um trabalho manual por conta própria, ainda mais para ajudar outra pessoa, então talvez você não seja tão ruim quanto ela.

Red riu de nervoso.

— Ah, valeu. Sei que a Baía das Amoras gosta de ficar na sua... e, vendo como as coisas são diferentes aqui, entendo o porquê. Desculpe por termos mentido, mas não queríamos alarmar ninguém.

A menina estendeu a mão.

— Meu nome é Dee. Existe alguma chance de você conhecer minha irmã, Twee?

— *Ah!* — exclamou Red, balançando a cabeça e de repente entendendo por que Dee parecia tão familiar. As duas meninas poderiam ser gêmeas (e provavelmente eram), mas Red não tinha conseguido fazer a relação, considerando que Dee usava roupas confortáveis do litoral em vez dos corpetes e vestidos apertados da capital. — Conheço, sim. Muito prazer.

— Mas então, *o que* vocês estão fazendo aqui? — insistiu Dee.

Red mordeu o lábio e olhou para Ace e Chester, que deram de ombros.

— Bem, para falar a verdade... viemos *mesmo* por um motivo especial — falou Red devagar. — Escuta, aposto que você sabe como são as coisas na capital do País das Maravilhas. Algo... bem, penso que algo precisa mudar. Talvez seja uma ideia absurda, mas queremos mesmo dar uma festa, ou só fazer *qualquer coisa* que tire as pessoas da rotina. Até tentamos, mas foi um fracasso. Por isso viemos aqui atrás de inspiração.

Dee arqueou as sobrancelhas e assentiu.

— Pode apostar que eu me lembro de como era na capital. Foi por isso que fui embora.

Ela voltou a cruzar os braços e olhou para os três adolescentes como se os analisasse.

— Olha, não temos festas na Baía das Amoras.

Red suspirou. Vai ver suas expectativas fossem altas demais.

— Mas... — continuou Dee lentamente. — Às vezes temos uma comemoração. Um sarau de vez em quando, uma cerimônia aqui e ali. Na verdade, vai ter uma dessas hoje à noite.

— *Ah, é?* — perguntou Chester, com um sorrisinho malicioso.

— Vocês três parecem ser de boa — falou Dee. — Se prometerem não mandar nos prender, será um prazer recebê-los.

— Ela não poderia mandar prender nem um borogove — disse Ace.

Red franziu o cenho.

— Gosto de pensar que eu poderia, sim. Mas, de verdade, Dee, sabemos a gravidade da situação. Seria maravilhoso, e vamos levar a sério.

— Não muito, espero eu. — Ela deu uma piscadela. — Então está decidido. Me encontrem na fonte da pracinha hoje à noite e levarei vocês lá. Deve ter início por volta das sete horas.

— Contanto que a gente já esteja com o carro de novo até o fim da noite — disse Chester.

— E eu posso dizer para a minha mãe que a Duquesa me deu mais algumas tarefas — falou Red.

Ace sorriu para Dee.

— A gente topa.

Dee se inclinou para olhar o estrago no carro.

— Ah, mais uma coisa. Dirijam-se à enseada próxima ao porto, naquela fileira de lojinhas. Tenho um amigo lá, o Jace, que vai conseguir consertar o carro de vocês. Podem falar que eu mandei vocês irem até lá.

Red, Chester e Ace agradeceram Dee imensamente e seguiram as instruções dela, contornando com o carro a curva fechada da costa pela estrada à beira da praia. Red não conseguia tirar os olhos da maré, com o barulho retumbante das ondas. Sabia exatamente por que a mãe odiava aquele lugar — legião de soldados-cartas nenhuma, não importava o tamanho, seria capaz de controlar a força feroz do mar. Mas de alguma forma Red se sentia atraída pela água.

Logo eles chegaram à pequena oficina mecânica que pertencia ao amigo de Dee, Jace. Uma placa suja de maresia balançava das vigas do estabelecimento. Ela dizia OFICINA DE AUTOMÓVEIS DA BAÍA DAS AMORAS.

Jace era um cara magro, acompanhado por um garoto mais baixo e gordo chamado Harry. Os dois pareciam meio suspeitos, mas Jace disse que qualquer amigo de Dee era amigo deles também. Depois de uma breve rodada de apresentação, Jace limpou a mão no macacão enquanto inspecionava a pintura do carro.

Ace, Red e Chester se impressionaram com o interior da garagem. Havia mapas e boias, luzinhas coloridas, placas de trânsito de lugares que Red não reconhecia.

— Onde conseguiu isso tudo?

— A maré que trouxe — explicou Harry enquanto Jace continuava a avaliar o carro. Ele apontou para um lustre pequeno e enferrujado que ficava sobre a mesa de trabalho. — Muitas coisas legais assim acabam parando aqui. É mais uma parte da Baía das Amoras que precisamos esconder da Rainha, mas também é um luxo que possamos ter esse segredo. Somos bons nisso, não acham?

— A Rainha não chega aos pés da senhorita Cruella, sem dúvida — comentou Jace. No entanto, em seguida ele olhou feio para Red. — Se depois eu ficar sabendo que você dedurou a gente…

Red ergueu as mãos ao ar.

— Eu não faria isso.

— Enfim, esse conserto vai ser moleza — disse Jace. — Já mexi em carros que eram quase ferro-velho. E por sorte tenho uma tinta dessa mesma cor. Querem ficar por aqui enquanto trabalhamos nele?

— Claro — respondeu Chester, sentando-se num engradado.

— Jace, Harry, tenho uma pergunta — começou Red, lentamente.

— Manda.

— Não quero parecer grosseira, mas… por que estão aqui? No País das Maravilhas? E você mencionou a senhorita Cruella, não? Vocês são daquele outro lugar, não são?

Jace pegou um pano e limpou as mãos.

— É uma pergunta justa. Harry e eu ficamos presos aqui quando fecharam a Toca do Coelho e… bem, foi isso.

— Sinto muito — murmurou a garota.

— É, não foi muito legal. Ainda mais considerando que os jovens da Ilha agora são bem-vindos em Auradon. Assim que tivermos uma oportunidade, vamos fugir daqui sem olhar para trás. E vamos levar Dee com a gente.

Red não sabia muito a respeito da Toca do Coelho; o Rei Fera de Auradon tinha ordenado seu fechamento antes do nascimento de Red. Tudo que ela sabia é que o decreto isolara o País das Maravilhas.

— E como vão fazer isso?

Jace se inclinou e sussurrou, baixo demais para que os outros ouvissem:

— A Toca do Coelho não é a única saída do País das Maravilhas. Também há o Lago de Lágrimas.

— O Lago de Lágrimas? O que é isso?

— Uma porção de água onde, supostamente, se você conseguir nadar, pode acabar saindo em outro lugar, um lugar onde nem a Rainha pode te encontrar.

Red pensou a respeito do que tinha ouvido. Outra saída. Parecia impossível.

— O que fez Dee vir à Baía das Amoras? — perguntou Red.

— Ela se cansou da capital. — Jace suspirou enquanto colocava massa epóxi no amassado do carro. — Analisou as opções que tinha: virar uma dama da nobreza ou uma soldada-carta, e deu o fora assim que pôde. Cá entre nós, acho que para ela foi muito difícil deixar a irmã. Dee não conseguiu convencê-la a fugir também.

— Que pena — murmurou Red.

— É, ela não gosta muito de tocar no assunto, mas está no mesmo barco que muitos de nós aqui.

Red sentiu um calor desconfortável subindo pelo pescoço e quis mudar de assunto. Pensou na família de Chester, na divisão entre as famílias que queriam ficar na Baía das Amoras e os membros que escolheram a capital, separados por quilômetros de distância envolvendo uma viagem difícil. Teve a sensação de que a mãe era a culpada por tudo aquilo.

Ace pareceu sentir a aflição de Red e interveio:

— Vocês vão à cerimônia de hoje à noite? — perguntou a Jace. — Dee comentou que vai ser ótimo.

Harry e Jace trocaram um olhar.

— Não perderíamos por nada. Não é bem uma festa, que fique bem claro, mas fazemos o melhor que podemos.

— Estou ansioso — disse Chester. — Seja qual for o tamanho.

Red observou Jace aplicar a tinta e polir o arranhão de novo e de novo, fazendo-o sumir do carro aos poucos. Red desejou poder melhorar as coisas dessa mesma forma. Com ajuda dos planos que fizera com os amigos, é o que faria. Estava determinada.

Capítulo
21

Diversão na baía

Naquela noite, Chester, Ace e Red foram até a praça parecendo ter um alvoroço de aves Jubjub na barriga. Quase não tinham conseguido jantar na Brioche & Borboleta, de tanta ansiedade. Quando Ace tamborilou os dedos na mesa de carvalho pesada e Chester mexeu o canudo no refrigerante, Red percebeu que estavam tão ansiosos quanto ela.

Esperaram na pracinha vazia, olhando para a torre do relógio torta e procurando algum sinal de Dee nas ruas escuras.

— Vocês não acham que pode ser uma brincadeira, acham? — sussurrou Chester. — Ontem à noite ela não tinha gostado nada da gente.

— Não. — Red franziu o cenho. Se bem que Dee tinha todos os motivos do mundo para guardar rancor de Red e da Rainha, se achasse que elas estavam influenciando Twee.

Foi então que Dee surgiu na praça e sorriu para eles.

— Que bom encontrar vocês aqui a essas horas — cumprimentou. — O que estão fazendo?

Os adolescentes se entreolharam, sem entender.

— Hum... — começou Ace. — Você pediu para a gente te encont...

— Só aproveitando a brisa da noite? — Dee deu uma piscadinha. — Também vim dar uma voltinha, se quiserem me acompanhar. — Sem esperar por uma resposta, ela se virou e seguiu em direção ao crepúsculo outra vez.

— Bem, então é isso — murmurou Chester, arqueando as sobrancelhas.

— Aconteça o que acontecer, que bom que estou aqui com vocês dois — falou Ace, batendo uma continência de brincadeira, mas com a voz séria.

— É hora de a Comissão de Festas do País das Maravilhas fazer uma pesquisa de campo — anunciou Red.

Eles assentiram e se puseram a seguir Dee.

Ela os levou por corredores e becos, virando nas ruas até Red perder por completo o senso de direção. Por um momento, sua confiança esmoreceu e as experiências de infância lhe disseram exatamente como seria fácil para Dee prendê-los ali sem terem como sair. Twee não era exatamente a melhor pessoa do planeta também — talvez fosse mal de família. Mas depois Red se lembrou do que Jace dissera e de que a família de Chester morava ali por perto, por isso criou coragem e continuou.

Por fim chegaram a um chalé sem graça com paredes de pedra cinza e só uma lanterna fraca acesa próximo à janela. Despreocupada, Dee foi até a porta e bateu três vezes. A porta não foi aberta; em vez disso, tremeu com duas batidas do outro lado e, após um instante, um baque.

Dee assentiu. Entrelaçou as mãos às costas e se afastou da porta. Red não resistiu.

— Mas não era para... — começou.

— Venham — disse Dee com calma. — Falem baixo.

Eles deram a volta e Dee se ajoelhou diante de uma porta de porão construída no alicerce da casa. Red fez esforço para ouvir qualquer som que antecipasse algo remotamente semelhante a uma festa — ou sinais de uma emboscada —, mas tudo que chegou a seus ouvidos foi o barulho distante do mar.

Dee bateu mais três vezes à porta e esperou. Depois de um tempo, a porta se abriu e a luz emergiu de dentro. Ela se virou para Red e os garotos com um sorriso no rosto.

— Podem entrar.

Red sentiu Ace apertando seu cotovelo enquanto desciam pelos degraus de pedra antigos, seguindo Dee.

À espera deles estava um cenário que Red não poderia ter previsto. O porão dava para uma sala espaçosa com piso de madeira e paredes brancas com iluminação à luz de vela. Mesmo com o tamanho que tinha, a sala estava quieta o bastante para ser possível ouvir um fio de cabelo caindo ao chão — ainda que estivesse abarrotada de pessoas vestidas com roupas do País das Maravilhas, em tons de vermelho, preto, branco e cinza. Havia convidados sentados e de pé, muitos lendo livros ou jornais. Uma mulher estava concentrada num ponto-cruz, e alguns homens murmuravam no lado oposto do cômodo. Ninguém olhou para eles quando entraram.

No entanto, quando Chester deixou a porta do porão se fechar sozinha atrás deles, todos imediatamente largaram o que estavam fazendo e voltaram a conversar num volume normal e a se movimentar pela sala. O violinista que tinham visto na estalagem apareceu do nada e se pôs a tocar uma melodia leve e suave, e alguém descobriu uma mesa de sanduíches que Red não tinha notado antes. Num piscar de olhos, a mesma atmosfera calorosa que Red sentira na Brioche & Borboleta se instaurou de novo.

— O que é isto? — perguntou ela para Dee, que sorriu.

— Uma cerimônia — disse ela simplesmente. — Ou uma reuniãozinha. Pode não ser a festa de que vocês três falavam, mas é um lugar onde podemos aproveitar a companhia uns dos outros de maneira proibida à maioria dos cidadãos do País das Maravilhas.

— Mas por que o mistério todo? — perguntou Ace. — O que torna isto diferente de um estabelecimento, onde vocês todos se encontram em plena luz do dia?

— O estabelecimento é uma fachada simples, porque não podemos nos soltar direito lá — respondeu Dee. — Lá não podemos fazer... *isso.*

Ela inclinou a cabeça em direção a um espaço vazio no salão. Red viu uma pessoa, depois outra e mais outra se movimentando ao ritmo do violino. Alguns convidados entrelaçaram os braços, outros batucaram os pés, batendo palmas e balançando conforme a música.

— Estão dançando — exclamou Chester. — É dança *de verdade.*

Até havia bailes no castelo. Eram eventos hiperformais exclusivos para a nobreza, com passos predeterminadoss e posturas perfeitas. Contudo, a movimentação que estavam vendo ali era fluida, despreocupada. Red desejou sentir o movimento com o próprio corpo, mas ao mesmo tempo não sabia se era capaz.

Uma sensação a acometeu de repente — ela não pertencia àquele lugar. Ela queria muito, mas não pertencia. O motivo pelo qual as pessoas não podiam viver livremente era sua mãe, sangue do seu próprio sangue. E Red não sabia se ela podia consertar as coisas sozinha.

— Espere aí, isso é refrigerante? — perguntou Chester. — Ace, me ajuda a pegar algumas canecas. O máximo que conseguirmos.

Eles desapareceram na multidão. Dee viu Jace e Harry ao lado da mesa de sanduíches e acenou para os dois.

— Jace e Harry fizeram um excelente trabalho com o carro — comentou Red. — Não sei como te agradecer por trazer a gente aqui. Você nos ajudou mais do que podíamos esperar.

Dee deu de ombros.

— Sempre quis ver uma mudança no País das Maravilhas. Se for possível realizar isso de algum jeito, é o que farei. Ah, antes que me esqueça...

Ela carregava uma bolsinha de couro no ombro, com a alça atravessada sobre o peito. Dee a tirou e a segurou diante de Red.

— É um presente para você. Encare como um presente para a Cerimônia do Chá.

Ela deu um sorrisinho.

Surpresa, Red a abriu e olhou dentro. Enfiada na bolsa estava quase uma dúzia de retângulos de plástico finos de diferentes tamanhos, em cores néon que não existiam em lugar algum do País das Maravilhas. Ela tirou um deles e o virou nas mãos. Havia um selo adesivado, mas o que estivera escrito lá, fosse o que fosse, já tinha sumido.

— São fitas cassete — explicou Dee. — A maré as traz às vezes, já peguei um monte. Foi assim que encontramos o violino também. Ainda é possível arrumar umas caixas de som antigas pelo País das Maravilhas também, caso tenha a oportunidade de ouvir. São uma bela alternativa ao ritmo dos hinos nacionais.

Red jogou a bolsa sobre o ombro, sem saber o que dizer. Por fim, falou:

— Sabe... sua irmã está bem. Ela tem me ajudado no treinamento real, o que... não é lá minha coisa favorita do mundo, mas ela parece bem.

Dee bufou e revirou os olhos.

— É, é bem a cara dela, mesmo. Twee sempre foi obcecada pela perfeição quando éramos crianças, até mais do que eu. Ela queria que todo mundo gostasse dela, e morria de medo de virar uma soldada-carta.

— Foi por isso que ela tentou uma posição na corte?

Dee assentiu.

— Assim conseguiria as duas coisas que mais desejava: aprovação da realeza, que ela foi ensinada a buscar acima de qualquer outra coisa, e a possibilidade de escapar do cargo que sempre odiou. Ela nunca chegou a considerar que podia haver uma terceira opção.

MELISSA DE LA CRUZ

Red cruzou os braços e os apertou ao redor do peito. Não gostava de Twee — nem um pouco, na verdade —, mas não tinha considerado que podia haver motivos ocultos por trás do jeito rígido e arrogante dela. Talvez até houvesse uma versão de Twee que era tão legal quanto Dee, escondida bem lá no fundo.

— Deve ser difícil — falou Red. — Ficar longe da sua irmã.

Dee deu uma risadinha, vendo Ace e Chester se aproximarem de Jace e Harry e entregarem aos rapazes duas canecas de refrigerante para cada um, uma para cada mão. Alguns outros moradores se juntaram a eles, próximo às mesas.

— É culpa dela. Tentei fazê-la vir comigo. Tínhamos um plano para a vida que construiríamos juntas na Baía das Amoras, e talvez até em Auradon. Achei que faria bem a ela. Mas no final... ela não conseguiu.

Red não sabia o que responder. Observou o violinista sorrir para ela ao atingir uma nota aguda, seus dedos voando pelo braço do instrumento. Por fim, assentiu.

— Vou tentar conversar com ela quando voltar para casa. Talvez uma reuniãozinha como esta seja exatamente o que Twee precisa.

— Sabe que pode fazer mais do que só isso, não sabe?

— Como assim?

— Red, você é a Princesa do País das Maravilhas. Não é? Nunca pensou em de fato usar sua autoridade? Eu te ouço falar muito sobre planos de festas, mas pouco sobre como vai de fato mudar alguma coisa quando for a segunda pessoa mais poderosa do reino.

Red franziu o cenho.

— Ai, eu não quero ser isso.

Dee franziu os lábios em reprovação.

— Então por que se dar ao trabalho de tentar, hein?

— Dee, não fala assim...

— Uma pra você, outra pra você — disse Ace, aparecendo com canecas de refrigerante para as duas. — Não consumo tanto açúcar assim desde que baniram os doces. Isso aqui tem açúcar? Porque eu tô me sentindo *ótimo*. Nunca tive tanta energia em toda a minha...

Naquele momento, o som de um sino, metálico e profundo, cortou o barulho da sala. O violinista parou de imediato e todos os moradores voltaram a suas posições silenciosas.

— O que foi? — Red perguntou a Dee. — O que está acontecendo?

— Guardas! — gritou alguém do lado de fora. — Soldados-cartas foram vistos no horizonte!

Capítulo
22

Vrum-vrum

Dee respondeu à pergunta de Red com calma, mas a Princesa conseguiu perceber como ela estava agitada.

— Temos patrulhas nos rochedos. Se avistam algum sinal da Rainha ou de sua guarda, tocam um sino na torre do relógio para deixarem todos em alerta.

Red sentiu um aperto no peito.

— Dee, eu juro, não tivemos nada a ver com a vinda deles. Precisa acreditar em mim.

— Eu sei, tudo bem. Provavelmente é um alarme falso. Uma tropa vem de meses em meses para assegurar que a gente não se rebele de vez. Já era tempo de isso acontecer mesmo. — Ela percorreu a sala com os olhos, e Red viu que os moradores encaravam os três novatos com suspeita. — Ainda assim — murmurou Dee —, talvez seja melhor vocês irem.

— Red, se os soldados-cartas virem o carro da Duquesa, podem acabar reportando — disse Chester.

— Pelo naipe de Espadas! — vociferou Red. — Tá bem, então vamos. Dee... — Como Red poderia expressar sua gratidão por tudo que a garota fizera por eles? — Obrigada.

Dee assentiu.

— Se pegarem a esquerda atrás do chalé depois de saírem daqui, vão ver uma rua que dá direto na pracinha. Boa sorte.

Red e os meninos se despediram às pressas de novo e subiram as escadas correndo. Nas ruas escuras, cada sombra parecia um soldado-carta, e cada prédio alto fazia Red se lembrar da mãe. Ela não tinha medo dos soldados — podia se resolver com eles com um único comando. Por outro lado, se o burburinho da presença de Red ou do carro da Duquesa na Baía das Amoras chegassem ao castelo, toda a atenção da Rainha de Copas se voltaria à cidadezinha escondida. E Red não queria carregar esse peso na consciência.

Chegaram à praça no exato instante em que Red ouviu o barulho de cascos galopando acima do barulho das ondas quebrando na praia.

— Venham!

— Vamos deixar nossas coisas na pousada? — perguntou Ace.

— Não dá tempo de voltarmos para buscar — respondeu a menina.

— Espere aí — interveio Chester, jogando para Red as chaves do carro. — Preciso fazer uma coisa rapidinho. Entrem no carro, eu já volto.

— *Chester!* — sibilou Red, mas ele já estava correndo para a Estalagem da Tartaruga.

Red e Ace entraram às pressas no carro, com Red no banco do motorista. O galope dos cascos se aproximava. Red virou a chave na ignição e deixou o carro em ponto-morto enquanto esperavam por Chester.

— Vai logoooo — murmurou, impaciente. — O que é que ele tá fazendo?

Até que enfim, Chester voltou correndo da pousada e se jogou no banco de trás. Estava carregando os disfarces da noite anterior.

— Putz, bem pensado — falou Ace.

Mas Chester apontou para o fim da rua, onde soldados-cartas montados adentravam a cidade.

— Pé na tábua — disse o garoto.

E foi o que Red fez — talvez até bruscamente demais. Engatou a ré e meteu o pé no acelerador. O carro deu um solavanco para trás e recuou pela praça.

— Devagar, devagar! — alertou Ace.

— Calma, estou me acostumando com ele; me dá um segundo — rebateu a garota.

Ela aprendera a dirigir em uma disciplina eletiva especial, para o caso de que a habilidade um dia viesse a calhar — embora a maior parte dos jovens do Colégio do País das Maravilhas andasse a pé ou de carruagem —, mas nunca dirigira um carro como aquele. O veículo da Duquesa era leve e respondia ao menor movimento. Era quase como se previsse a direção em que desejava virar antes mesmo de ela se decidir. A Princesa considerou suas opções, depois virou mais para o centro da cidade e ganhou distância dos soldados-cartas.

— Tem certeza disso? — perguntou Chester. — Se a gente se sentiu perdido antes *a pé*...

— Confie em mim — disse Red. — Só tem uma única estrada para entrar e sair da cidade, não é?

— Infelizmente — respondeu Ace.

Os soldados-cartas já quase se aproximavam deles, e Red torcia para que não tivessem visto o carro. No último segundo, ela embicou num beco e parou com tudo.

— Espere, o que estamos fazendo? — perguntou Chester, sem entender.

— Psiu — sussurrou a menina, desligando o carro e apagando as luzes. — Se abaixem.

Eles se curvaram no banco, ouvindo os cascos cada vez mais próximos nas ruas de paralelepípedo. Red ficou observando pelo retrovisor conforme seis, doze, catorze soldados-cartas passavam a nem dez metros deles. Os três continuaram imóveis até não conseguirem mais ouvir os cavalos.

— Vamos dar o fora daqui — balbuciou a garota.

Deu partida no carro de novo e saiu do beco. Quando tomaram a direção certa, Red dirigiu devagar de volta à pracinha, acelerando cada vez mais depois de passar pela pousada enquanto seguiam até os limites da cidade.

Não havia mais sinal dos soldados-cartas, então Red pisou no acelerador e eles voaram para fora da Baía das Amoras, entrando na noite absurdamente escura. Quando viram os penhascos ocultando as luzes da cidade, Red suspirou e olhou no retrovisor, mas não desacelerou. Com a cidade tomada pelo breu, era como se nunca tivesse existido. Red, porém, sabia que ela estava lá. E não se esqueceria.

A cancela listrada do pedágio da Floresta de Tulgey estava abaixada de novo, e os soldados-cartas saíram da guarita, como haviam feito antes. Mas estavam com os disfarces de sapos-mordomos e da Duquesa, por isso os três moradores do País das Maravilhas passaram por eles sem problemas.

— O que foi? Não posso dirigir meu próprio carro? — reclamou Red quando os dois guardas olharam com surpresa para o "chofer" no banco de trás. — Pois fiquem sabendo que posso dirigi-lo quando bem entender!

O Três de Copas e o Quatro de Paus se desculparam e fizeram uma reverência, levantando a cancela sem alarde.

No entanto, Red não se sentia muito contente em dirigir pela Floresta de Tulgey e voltar ao cenário familiar da capital. Tudo acabara rápido demais. Era como se até a floresta estivesse desanimada, sem fazer muito esforço para confundi-los. Red não conseguia parar de pensar em Dee e nos outros moradores da Baía das Amoras, e torcia para que os soldados-cartas não tivessem achado nada suspeito. Se bem que os rebeldes pareciam saber se cuidar.

— Lar, doce lar — resmungou Ace quando as torres altas do castelo da Rainha de Copas surgiram diante deles.

Red parou o carro na frente do labirinto de cercas-vivas. Quando desligou o motor, foi como se toda sua energia se esvaísse junto. Ela desceu do banco do motorista e entregou as chaves para Chester com relutância enquanto trocavam de lugar.

— Chester, espere — disse ela. — Lá na estalagem, você voltou mesmo só para pegar os disfarces ou teve mais alguma coisa?

Ele não fez contato visual com os outros dois enquanto ajustava os retrovisores.

— Escrevi uma carta para a minha tia ontem à noite. Ia entregar pessoalmente, mas deixei com o dono da pousada.

— Tenho certeza de que ele vai entregar para a sua família — respondeu Ace, a voz baixa.

Chester deu de ombros.

— Não importa. Talvez a gente volte um dia.

— Nós vamos mesmo — disse Red, falando sério. Ela tinha visto um estilo de vida que não sabia ser possível. E, mesmo que não pudessem levar todo o País das Maravilhas à Baía das Amoras, talvez pudessem levar a Baía das Amoras ao País das Maravilhas. — Vamos dar um jeito.

— Certo — respondeu Chester com um sorriso no rosto. — Entra lá, Princesa. Você precisa contar para a sua mãe tudo sobre o treinamento com a Duquesa.

— Nem me fale.

Red revirou os olhos, mas acenou enquanto os meninos partiam no carro, cujos faróis desapareceram na floresta do mesmo jeito que a Baía das Amoras havia desaparecido a distância.

Capítulo
23

Uma segunda tentativa

ed foi capaz de voltar para o quarto sem ser vista. Ela pensou que ficaria nervosa para encarar a mãe de novo, mas, quando acordou na manhã de quarta-feira, foi como se toda a viagem para a Baía das Amoras tivesse sido um sonho. Tudo estava normal quando desceu para tomar café da manhã, como se nunca tivesse saído do castelo.

— Bom dia, querida.

A Rainha de Copas olhou para a filha por trás dos óculos em formato de coração enquanto lia a *Folha do País das Maravilhas* (e, por lei, o jornal só reportava boas notícias).

— Oi — respondeu a menina.

Ela enfiou uma colher na tigela de mingau, desejando que houvesse leite fresco como na Estalagem da Tartaruga. Encarava a mãe, esperando um interrogatório, mas a Rainha continuou lendo o jornal.

— A aprovação popular da corte subiu para setenta por cento — murmurou a Rainha de Copas. — Isso é esplêndido!

— Minha viagem com a Duquesa foi boa — disse Red, com um certo tom provocativo na voz.

A Rainha olhou para a filha, nada concentrada, e tirou os óculos. Ela forçou a vista para Red.

— Sua o quê?

— Minha... viagem — repetiu a Princesa. — Meu treinamento com a Duquesa? O motivo pelo qual estive ausente nos últimos dois dias?

— *Ahhhhh*, sim, sim, sim, sim. — A Rainha balançou a cabeça. — Que bom. — E voltou a ler.

Red deteve a colher no meio do caminho para a boca.

— Não vai me perguntar mais nada?

— Querida, faça-me o favor, você não faz ideia de como estou me sentindo pressionada agora. Falaremos disso depois. *Eca*, este suco não é laranja o suficiente. Rapazes sapos!

Red encarou a Rainha. Tá, ela não ligava para o fato de a mãe não ter sentido falta dela. E daí? Era melhor mesmo que não suspeitasse de nada. Mas Red passara tanto tempo inventando álibis e lorotinhas sobre seu tempo com a Duquesa. A Rainha de Copas podia ao menos ter feito *perguntas*.

Um mordomo foi correndo até a mesa. A Rainha semicerrou os olhos para ele.

— O que houve com o seu uniforme?

Red fez uma careta. O casaquinho vermelho do mordomo não chegava ao quadril e estava apertado nos ombros. Ela tinha se esquecido de devolver os disfarces.

— Peço perdão, Vossa Majestade — coaxou ele. — Mas os casacos do meu tamanho parecem ter sumido. Vou mandar o alfaiate ajeitar imediatam...

— É bom mesmo! — respondeu a Rainha com desdém. — Não vou permitir que vá à Montanha do Espelho vestido *assim*. E deixe anotado para levarmos um suco de laranja mais laranjudo. Isto aqui está *pavoroso*.

— A Montanha do Espelho? — perguntou Red.

— Sim, sim. — A Rainha tirou os óculos e massageou as têmporas, parecendo bastante estressada. — Todas as opções que me deram para os conjuntos da Cerimônia do Chá são… horríveis. Feios. Tenho um padrão muito específico em mente, e os artesãos na vila que fica no topo da Montanha do Espelho talvez tenham o que procuro. Não consigo confiar no gosto de mais ninguém, então vou eu mesma até lá.

— Qual o problema com os conjuntos que a gente geralmente usa? — perguntou Red. Eram de porcelana fina com padrões complexos de coraçõezinhos vermelhos. Era um conjunto um tanto bobo, na opinião de Red, mas também era tradicional e algo de que os convidados costumavam gostar. — Não servem?

— NÃO! — A Rainha de Copas bateu o punho na mesa. — Precisam ser *especiais*! Todos estarão observando. Precisamos de algo novo.

Red cruzou os braços. Ela não estava no clima para esse mau humor da mãe.

— Só estou tentando evitar mais dores de cabeça para você.

— Bem, estou *caindo de cabeça* na dor, e isso é só por *sua* causa, então pare de me questionar!

Red ficou calada. Não parecia o momento certo para discutir com a mãe e, além do mais, não ia reclamar da rara oportunidade de ficar sozinha em casa.

A Rainha de Copas arqueou a sobrancelha.

— Escute aqui, Red — disse ela entre uma mordida e outra —, volto só na sexta de manhã. Isso significa que teremos apenas *um dia* antes da Cerimônia do Chá, e tudo deve estar indo de vento em popa até lá. Preciso que se mantenha concentrada enquanto eu estiver fora, está me entendendo? Treinamento real. Pense em mais leis. Arrume o cabelo, por tudo que é mais sagrado. Faça… — Ela estalou os dedos, fazendo uma cara ligeiramente desgostosa para o porte físico de Red. — Sei lá, faça flexões ou algo assim. Quero que pareça forte e poderosa. Tudo deve estar *perfeito* quando eu voltar.

— Qual o problema com o meu cabelo? — resmungou Red.

— Você sempre o usa solto. Precisa se acostumar a usá-lo preso, é a tradição.

— E se eu quiser romper com a tradição?

A Rainha bateu o punho na mesa de novo, fazendo a porcelana pular.

— Red de Copas, eu *não* estou no clima para *gracinhas*! Faça o que eu mando! Pelo naipe de Ouros, tenho tanto a fazer!

Red esperou só até a Rainha se retirar da mesa do café da manhã e logo pegou a mochila, correndo para o vilarejo de árvores de Chester.

— Emergência! — anunciou Red entredentes à janela de Chester. — Reunião de emergência da Comissão de Festas do País das Maravilhas.

O rosto sonolento de Chester apareceu na janela, e ele assentiu.

— Está bem. Vou chamar o Ace.

Logo estavam os três em frente à fonte da praça do vilarejo, e Red já tinha repetido os planos da mãe de sair da cidade pelos próximos dois dias.

— Mais aventuras, então? — perguntou Chester, bocejando. — Red, quando vamos ter tempo para dormir?

— Depois da Cerimônia do Chá. Agora me escutem: só temos mais três dias para agitar o País das Maravilhas. O que aprendemos na Baía das Amoras? Podemos reproduzir a reuniãozinha deles, multiplicada à potência de *festa*.

— Não sei não, Red — falou Ace. — Como seria isso?

— Ninguém pode usar cinza, vermelho ou preto; só cores que sempre quiseram usar, mas que nunca puderam. — Red sentiu a energia reaparecendo, as ideias vindo à tona. — Havia sanduíches na Baía das

Amoras? Vamos ter ainda mais, e outras comidas também. Tinham um violinista? Vamos ter música, bem alta, e dança *de verdade*.

— Isso funcionaria na floresta? — perguntou Chester, descrente.

— Na floresta, não. — Red uniu as mãos, sabendo que suas próximas palavras não seriam bem recebidas, mas decidindo seguir com elas mesmo assim. — No castelo.

— *O quê?!* — gritou Chester. — Isso é loucura. Nunca vamos conseguir sair dessa ilesos.

Red balançou a cabeça.

— Em primeiro lugar, vamos, sim. Se sou a herdeira e sucessora do trono do País das Maravilhas, todos têm que obedecer às minhas ordens, certo? Se eu fizer todo mundo jurar, ninguém vai poder dizer nada. Se eu pedir que ignorem minha autoridade, bem, é irônico, mas eles vão ter que fazer exatamente isso. — Ela levou as mãos ao quadril. — E em segundo lugar, sinceramente, não ligo se formos pegos. Da última vez, minha mãe mal se deu conta de que saímos da linha. Nada é capaz de distraí-la do planejamento daquela cerimônia idiota. É melhor fazermos isso enquanto ainda podemos.

— Eu disse que era loucura — suspirou Chester. — Não disse que não topava.

Red deu um sorriso diabólico, digno do próprio Chester.

— É assim que eu gosto. Ace?

Os lábios do outro menino se curvaram em um sorriso sarcástico.

— Pode apostar que sim, Cabeça de Fogo.

O apelido fez Red sorrir. Ela estendeu a mão com a palma virada para cima. Os outros dois colocaram as mãos sobre a dela.

— A noite mais importante da Comissão de Festas do País das Maravilhas até hoje! — anunciou. — Um, dois, três... *vamos*!

Capítulo
24

Twee não tem nada a ver com Dee

Pelo resto do dia, Red abandonou toda a esperança de prestar atenção às aulas. Na de Etiqueta, manteve a cabeça baixa na carteira e fez um rascunho do comunicado que enviaria a todos os soldados-cartas: *Sua Majestade, a Rainha de Copas, organizou um evento de treinamento privado a acontecer no Salão Principal durante sua ausência. Todos os soldados-cartas devem deixar a propriedade na noite de quinta-feira, das 19 às 23 horas, e a Princesa Red NÃO deve ser incomodada enquanto realiza seus preparativos.*

Na aula de Enigmas, fez um esboço da planta do castelo para os convidados. Poderiam entrar pela entrada de serviço dos fundos — um dos meninos, Ace ou Chester, poderia ficar a postos lá —, subir pelas escadas laterais e entrar no salão sem chamar muita atenção.

Também não conseguiu acompanhar muito da aula de Ciências com Maddox, pois ficou fazendo listas de decoração e outros itens de que precisariam. No entanto, a aula dele, que foi sobre a refração da luz, lhe deu um lampejo de inspiração.

O mais difícil foi a dispersão durante o treinamento de princesa. E foi ainda mais estranho para Red encontrar Twee depois de ter conhecido sua irmã na Baía das Amoras. Quando Red voltou ao Salão de Bailes, foi como ficar cara a cara com uma versão mais sisuda e amarga de Dee. Embora Twee tivesse parecido apenas intimidadora a princípio, agora Red entendia que ela talvez só se sentisse infeliz — consigo mesma e com a vida que escolhera para si. Red observou Dora, se perguntando se ela tinha uma história parecida.

— Ouvi dizer que você viajou para fazer um treinamento com a Duquesa — falou Twee. — Espero que não tenha absorvido muito. É uma mulherzinha pavorosa. Agora me escute, precisamos voltar a trabalhar se quiser estar minimamente decente quando sua mãe voltar para casa.

Red se irritou e estava prestes a retrucar, mas pensou melhor. Antes que pudesse mudar de ideia, sentou-se no chão do Salão de Bailes e cruzou as pernas.

Dora e Twee ficaram abismadas.

— O que *é* que está fazendo? — perguntou Dora, com a voz estrangulada.

Red deu de ombros.

— Me sentando no chão. É confortável. Já experimentaram?

— Eu jamais faria isso! — exclamou Twee. — Não é próprio de uma dama, é *sujo* e…

— Não é, não. Os criados-peixes varrem toda manhã. — Red passou um dedo pelo chão de mármore e mostrou que estava limpo. — Vocês não se cansam de permanecer com uma postura perfeita naquelas cadeiras duras? Não sei a de vocês, mas a minha bunda fica bem dolorida.

Twee fez cara de dor, como se alguém a estivesse torturando.

— Princesa Red, *nunca* nos referimos à nossa… a… a isso quando estamos na companhia de pessoas não próximas.

— Então é isso que somos? Pessoas não próximas? — Red abraçou os joelhos e olhou para as duas. — Precisamos mesmo continuar assim? Não podemos só ser amigas? Sentem-se.

As garotas mais velhas não moveram um só músculo.

— É uma ordem. Sentem-se comigo.

De um jeito mecânico, como se nunca tivessem mexido os joelhos e o quadril na vida, Twee e Dora se abaixaram até o chão. Elas esticaram os braços para manter o equilíbrio e, de uma maneira bem desengonçada, caíram em cima da coisa que não devia ser mencionada.

— Pronto — falou Red. — É divertido, não acham? Uma perspectiva nova do salão. — Ergueu a cabeça para olhar para o teto abobadado, sentada em um ponto de luz que vinha das janelas altas. — Eu costumava me sentar no chão e brincar com cartas o tempo todo quando era mais nova. Daí minha mãe disse que ninguém se senta no chão, muito menos a nobreza.

Twee e Dora apenas a encararam.

— Mas por que não? — continuou Red. — Olha só, estamos fazendo isso agora. Nem sempre precisamos dar ouvidos às pessoas que... nos dizem que não podemos fazer alguma coisa.

— Isso é tão... — Dora perdeu a fala. — De todas as coisas ridículas, absurdas...

— Não seja maldosa — disse Red friamente. — Quero saber mais a respeito de vocês duas. O que gostam de fazer? Por que decidiram fazer parte da corte?

Dora piscou, pega desprevenida.

— Eu... bem, quer dizer... esta é a minha vida. Minha mãe era uma dama da corte. Minha avó também. O que mais eu poderia fazer?

— É a única vida que *vale a pena* no País das Maravilhas — falou Twee, parecendo quase prepotente. — Ser uma soldada-carta feia? Não. Escravizada no Colégio do País das Maravilhas, ensinando cada bobagem que a Rainha manda ensinar? Não, obrigada.

— Se pudessem ser qualquer coisa... o que escolheriam? — falou Red, pausadamente.

— Qualquer coisa, tipo... no País das Maravilhas? — perguntou Dora.

— Não, não... quis dizer em qualquer lugar. Existem outros lugares além do País das Maravilhas.

— Ué, não vou sair por aí e abandonar minha cidade natal como... — Twee balançou a cabeça com vigor. — Como algumas pessoas. Fui criada aqui. Não vou abrir mão do meu lar.

— Então esse treinamento real todo, a reclamação sobre a monarquia, a posição da qual você não parece gostar muito... Isso é não abrir mão do País das Maravilhas? — perguntou Red.

— Ah, não sei — respondeu Twee, irritada. — Nem sei do que está falando agora. Está criando tempestade em um copo d'água. Só estou cumprindo o meu dever. Não é o que todo mundo faz?

Red se reclinou para trás e assentiu. Ela deixou o ar pesado e silencioso pairar entre elas.

Enfim, disse:

— Só quero que saibam: hoje é o último dia do meu treinamento.

Dora franziu o cenho.

— Esta decisão não é sua.

— Como herdeira na linha de sucessão do trono do País das Maravilhas, é *sim* minha decisão. Aprendi com vocês o máximo que podia e, quando minha mãe voltar, não haverá mais tempo para aulas. Obrigada por se dedicarem a mim.

— Você não pode... — Twee ia falar, mas Red se levantou e saiu do salão. Ela parou à porta, olhando para as meninas e cruzando os dedos na esperança de poder confiar aquilo a elas.

— Se um dia quiserem descobrir como é fazer coisas que *não* devem fazer — disse a Princesa —, fiquem espertas. Talvez a oportunidade surja logo, logo.

Capítulo
25

A princesa das festas

Por mais que Red tivesse acordado se sentindo nervosa no dia da última tentativa de dar uma festa, na manhã de quinta-feira ela estava plenamente determinada e calma. Vestiu-se depressa e foi encontrar Chester na bifurcação da estrada carregando uma mochila pesada.

— Não vou para a aula hoje — falou quando o viu. — Vou ficar aqui e me preparar.

— Bem, acho que vou ficar sozinho, então — suspirou Chester. — Ace vai passar o dia tentando entrar em contato com as pessoas que vão ajudar com a comida e a música.

— Mas você tem um trabalho importante também. Aqui, olha, fiz mais convites ontem à noite, que você pode distribuir como fizemos antes.

Chester abriu a mochila e tirou dela um dos folhetos, que dizia:

APENAS HOJE À NOITE
A Festa, parte 2: Maior, Melhor, Mais Ousada
Castelo da Rainha de Copas, Salão Principal, às 20h
Vista-se como sempre quis.
Entre pela porta de serviço e não conte a ninguém!
~~~
Comissão de Festas do País das Maravilhas

Chester sorriu.

— Legal. Isso vai prender a atenção deles.

— Te vejo depois da aula, então?

— Não se eu te vir primeiro.

Red tinha enviado o comunicado oficial aos soldados-cartas, sapos-mor-domos e criados-peixes na noite anterior, então o Salão Principal estava vazio quando decidiu dar início aos preparativos. Trancou todas as portas, exceto a que usou para trazer os materiais.

Primeiro, ela empurrou o trono da mãe, robusto e em formato de coração, porque não dava para deixar aquilo sobrecarregando o clima da festa. Red enrolou o tapete longo e o arrastou para o lado, para que todos tivessem espaço para se socializar. Depois, correu para lá e para cá, tirando os vasos de plantas de diferentes partes do castelo e os levando para o Salão Principal, colocando-os ao redor dos pilares de mármore que iam até o teto. Embora as plantas parecessem meio borocoxôs — os vasos tinham vinhas e samambaias murchas —, havia tantas que, juntas, formavam um arranjo dramático que lembrava o mar verde e selvagem.

Então foi a vez dos espelhos, uma ideia da qual Red estava particu-larmente orgulhosa e que lhe ocorrera durante a aula de Maddox sobre a refração da luz. Uma a uma, a menina tirou as molduras do Salão de

Espelhos da Rainha e as levou para o andar de baixo, até o salão em que aconteceria a festa. Ela os apoiou nos pilares, sobre os patamares das plantas, passando o resto da manhã fazendo pequenos ajustes aqui e ali.

Red tinha três lanternas bastante poderosas, que ela cobriu com papel-celofane dos embrulhos de doces proibidos que escondia no quarto: verde-limão e azul-mirtilo. Checando os ângulos, colocou os aparelhos em três pontos da plataforma ao fundo, onde a mãe geralmente ficava. Por fim, apagou as luzes do Salão Principal.

Ficou perfeito. Embora fraca por causa do sol entrando pela janela, a luz de cada lanterna criava feixes azuis e verdes ao refletir nos espelhos. Red bateu palminhas e jogou o punho no ar em comemoração, sorrindo para si mesma.

A festa ia rolar mesmo. Iam conseguir de verdade.

Red passou o resto do dia enfeitando o Salão Principal com mais e mais apetrechos. Ficou tão absorta na tarefa que se esqueceu de almoçar e, quando Chester entrou pela porta de serviço, quase pulou de susto.

— Já são quatro da tarde? — perguntou.

— Quatro e meia. Leva meia hora para chegar aqui, esqueceu? — Chester sorriu e lhe entregou um sanduíche do refeitório do Colégio do País das Maravilhas, como se tivesse previsto que ela sentiria uma fome repentina. — Fez tudo isto aqui sozinha?

— Aham — Ela assentiu de boca cheia.

— Está incrível!

— Espera só até eu acender as luzes de novo.

Ace apareceu logo depois, vestindo calça jeans preta e o casaco vermelho que ainda não tinha sido devolvido aos sapos-mordomos.

— Por que está usando isso? — perguntou Red, rindo.

Ace deu de ombros, passando a mão pela lapela.

— Achei que ficava legal. Mas nossa... tudo isso aqui é *muito* mais legal.

— Valeu.

Red fingiu ajustar um dos espelhos para esconder como estava orgulhosa de si mesma.

— Certo. Chester não quer se gabar, então vou fazer isso por ele — anunciou Ace. — Ele encontrou alguém que vai emprestar uma caixa de som.

— O quê? Mentira!

Ace sorriu.

— Verdade. Katy, a neta da Lagarta, encontrou uma no depósito do avô. E Bill, um amigo meu que também estuda em casa, ficou de trazer comida antes do horário da festa. Ele aprendeu a cozinhar com a tia, que já foi cozinheira da Duquesa. Mas ela parou de usar tanta pimenta depois de se demitir, então não se preocupe.

— Perfeito. Tem mais alguma coisa de que estamos nos esquecendo?

— Música, comida, decoração... — Chester listou os itens. — Temos tudo que ficou faltando da última vez. E até mais do que havia na Baía das Amoras.

Ace deu um pigarro.

— Preciso fazer uma última coisa rapidinho.

— Está bem — disse Red. — Eu vou me trocar. Tem comida lá embaixo nas cozinhas, caso queiram beliscar algo antes da festa. Vou descer para ajudar Katy e Bill depois de me arrumar. Combinado?

Ace e Chester assentiram.

— Combinado!

Capítulo 26

Não há festa como as do País das Maravilhas

Embora tenha ficado em dúvida na vez anterior, naquela noite Red sabia exatamente o que usar. Ela revirou o guarda-roupa até encontrar, bem no fundo, um vestido longo — não vermelho, nem preto, nem branco, mas rosa-claro. Ela mesma o fizera alguns anos antes, num surto de ódio a cada cor uniforme no armário. Red passou semanas roubando morangos da mesa do café da manhã até ter o suficiente para pintar um vestido branco nas cozinhas de madrugada, quando ninguém a veria.

Claro, ela nunca conseguira usar aquela roupa até então, mas aquela era a oportunidade perfeita.

Red colocou o vestido, de decote justo e fluido no quadril, com tiras grossas amarradas em laços nos ombros. Respirou fundo ao olhar no espelho, escovando o cabelo longo e quase não se reconhecendo numa cor diferente de todas as outras que já tinha usado na vida. Ainda que a

Rainha de Copas tivesse sido firme ao dizer que o cabelo ruivo de Red não combinaria com nenhum tom fora dos permitidos no País das Maravilhas, a garota ficou contente em ver que o rosa-claro o valorizava.

Ela ajeitou o vestido, nervosa, e olhou para o relógio, ficando chocada ao descobrir que já eram 19h30. Tomou coragem e desceu as escadas correndo, torcendo para ouvir o som dos primeiros convidados abrindo a festa. Quando entrou no Salão Principal, porém, ele estava silencioso e vazio.

Red bufou e correu os olhos pelo entorno, as mãos na cintura. Onde estavam Bill e Katy com o resto das coisas?

— Ah! Aí está você. — Ace entrou apressado no salão. — N-nossa — gaguejou. — Você está… muito bonita.

Red colocou o cabelo atrás da orelha e limpou a garganta.

— Obrigada. Cadê todo mundo?

— Chester está ajudando Katy e Bill com as coisas. Vão subir num minuto. Mas eu queria te mostrar minha surpresa.

— O que é?

— Fica aí…

Ela estava no centro da plataforma ao fundo do salão. Ace sorriu para ela, depois foi andando de costas e apagou as luzes, deixando o ambiente numa escuridão completa.

— Ace, o que…

— Espere.

Veio então um clique de algum lugar do cômodo, e feixes de luz de lanterna tão fortes quanto os que Red tinha instalado se acenderam. Eles apontavam para cima, em direção ao teto, onde uma bola reluzente estava suspensa por fios.

— O que… o que é isso? — arquejou a menina.

À meia-luz, Ace se aproximou dela e sorriu.

— É tipo um globo de vidro. Nas minhas pesquisas sobre a Baía das Amoras, descobri que eram usados antes de fecharem a Toca do

Coelho. Foi uma comoção quando destruíram todos que existiam no País das Maravilhas.

— Como encontrou um, então? É tão lindo!

Ele deu de ombros, e Red achou ter visto um leve rubor em suas bochechas.

— Dei meu jeitinho. Cheguei um pouco mais cedo e encontrei o Salão de Bailes. Já tinha ouvido rumores a respeito, sabe? E aí, enquanto você se arrumava, peguei pedaços de um espelho quebrado e colei numa bola de tênis. Chester me ajudou a pendurar.

— Nossa — falou Red baixinho. — Ace, estou muito impressionada. É perfeito!

Ele soltou um risinho.

— Espero que os sete anos de azar não atrapalhem a festa.

Eles se olharam. Red percebeu como estava próxima dele, como os olhos dele pareciam lindos no escuro, e sentiu um arrepio.

Foi então que as luzes se acenderam, e Ace e Red semicerraram os olhos.

— Pra que essa escuridão toda aqui dentro? — perguntou Chester. — Temos trabalho a ser feito!

Envergonhada, Red se afastou de Ace e passou as mãos pelo cabelo.

— Ace estava só me mostrando o globo de vidro.

— Maneiro, não é? — Chester sorriu. Atrás dele, uma menina alta e um menino baixinho e musculoso entraram trazendo bolsas grandes sobre os ombros. Eles arregalaram os olhos ao verem o salão e as decorações.

— Red e Ace, estes são Katy e Bill — apresentou Chester.

Red foi cumprimentá-los.

— Muito obrigada pela ajuda! Sabemos que estão se arriscando por nossa causa, e somos muito gratos por isso.

— Tá brincando? — falou Bill. — Não faço nada tão legal assim há anos. Sempre quis cozinhar para mais gente do que só minha família no Dia de Celebração da Vitória da Guerra das Rosas.

— E eu vou arrancar os cabelos se tiver que ouvir "Salve a Rainha que ganhou nosso coração" mais uma vez — disse Katy. — Mal posso esperar para ouvir as fitas.

— Eu também.

Red sorriu e entregou a bolsa que Dee lhe dera. Katy correu para o palco e ligou a caixa de som, que era maior e melhor do que Red esperava. A garota trouxera outra mochila cheia de fitas antigas.

Usaram a mesa de jantar grande para dispor a comida que Bill tinha feito. Tudo estava com uma cara ótima: calzones quentinhos, bandejas de legumes fatiados, rolinhos de ovo com molhos, pretzels cozidos com uma camada de sal grosso. Comidas que os jovens do País das Maravilhas nunca tinham visto na vida.

— Até teria feito sobremesas — desculpou-se o garoto —, mas ultimamente estão de olho em quem está comprando açúcar e itens de culinária.

Katy colocou a música — algo que dava vontade de dançar, em um ritmo antigo e animado —, e os cinco ficaram parados esperando.

Deram 20h, depois 20h15, 20h33... Red batucava o pé, impaciente, e Chester desceu até a entrada de serviço para indicar o caminho às pessoas. Só que o Salão Principal continuava vazio.

— Talvez tenham se assustado com a última festa — disse Red por fim.

— Calma, ainda tem tempo — falou Ace. — Lembra quanto demoraram para chegar daquela vez?

Red cruzou os braços. Bill instalou algumas lâmpadas que tinha levado para manter a comida aquecida.

De repente, ouviram passos correndo pela escadaria de mármore da entrada de serviço.

Chester entrou com tudo no salão, o sorriso quase largo demais para caber no rosto.

— Estão chegando! — anunciou. — Estão *todos* chegando!

Capítulo 27

Bota pra quebrar

$\mathcal{E}$ ele não mentiu quando disse *todo mundo*. Foi como se todos os alunos do Colégio do País das Maravilhas estivessem passando pelas portas duplas pequenas, ficando chocados com a decoração, se aglomerando ao redor das mesas de comida e se espalhando pelo Salão Principal. Havia muitos que recebiam educação domiciliar também, pessoas do vilarejo de casas de árvore de Chester e Ace, e Red viu Chester acenar para uma garota com um cabelo escorrido e sorriso largo que devia ser prima dele.

Enquanto Red observava o salão, seu coração batia mais rápido. Havia tanta *cor* reunida ali. Uma pessoa vestia uma blusa de seda amarela. Uma menina enfiou as mãos na calça listrada de preto e branco. Um garoto que Red já avistara nas antifestas, que geralmente usava uma cartola cinza, estava usando uma ornamentada com glitter. Era a Baía das Amoras, mas em maior escala. O mesmo tipo de acessórios artesanais balançava das orelhas e dos pulsos. Os que só tinham roupas cinza, Red percebeu, haviam ido até a floresta para fazer guirlandas de hera e colher botões de jacinto.

A maior surpresa de todas foi quando Red avistou Twee e Dora passarem pela porta também, parecendo nervosas, mas usando pulseiras da amizade nos braços. A Princesa sorriu, e elas retribuíram o cumprimento do mesmo jeito retraído de sempre.

— A gente devia dizer alguma coisa para esquentar a festa — murmurou Ace para Red.

Ela assentiu e subiu à plataforma, parando ao lado de Katy, que abaixou a música.

— Povo do País das Maravilhas! — gritou Red.

O barulho da multidão diminuiu, e a maioria se virou para ela, que não tinha planejado nenhum tipo de discurso, mas deixou as palavras saírem livremente.

— Qual foi a primeira coisa que aprendemos? — Red observou os adolescentes trocando olhares. — Aprendemos a obedecer. É o que nos ensinam ainda no berço. Em casa, na sala de aula, no trabalho. Fomos ensinados a não questionar a autoridade. Somos vistos, mas não ouvidos. E querem saber? — Ela estava ofegante. — Passamos a vida toda sendo perfeitos! Sem dar nem um piu de resistência, sem botar a ponta do mindinho fora da linha. Eu vejo quanto vocês se limitam. Vi quando quiseram se libertar. Mas adivinhem só?

Red assentiu para Chester, que deixou o Salão Principal à meia-luz. Ao mesmo tempo, Red ligou todas as lanternas. A escuridão do salão se iluminou com os feixes de luz verdes e azuis, e o globo de vidro improvisado salpicou o local de pontinhos brilhantes. As plantas e as cores na luz fraca davam a impressão de que estavam todos nas águas selvagens do mar. A multidão, até então quieta, arquejou em uníssono, e o burburinho teve início. Todos olharam para cima.

— Hoje é o dia de fazerem isso! *Hoje vamos ter o que tanto merecemos!*

Red lançou o punho no ar no exato instante em que Katy aumentou a música, preenchendo o salão com uma batida forte.

Capítulo
28

#Festou

Embora a música retumbasse pelo salão, o discurso de Red não teve o impacto que ela esperava. A multidão a encarou, balançando com a música, mas alguns pareciam inquietos e outros encaravam ao redor, incertos. Ela olhou para a lateral do palco, de onde Ace lhe dava um sorriso encorajador e Chester dava de ombros.

Red se lembrou da Baía das Amoras, tentando ignorar o sentimento de desânimo crescente no peito. Era tão fácil para eles, estando longe da capital. Como conseguiam ser tão rebeldes, tão livres? O que Red estava fazendo de errado?

Ela não ia desistir.

A garota desceu da plataforma com os convidados ainda a encarando, segurando os pratinhos de comida, tentando puxar conversa uns com os outros. Aqueles adolescentes estavam num ambiente novo, numa situação nova. Era como se, desde que nasceram, houvesse um labirinto de cercas-vivas que os separava da liberdade. Por uma noite, a barreira tinha sumido, e eles não sabiam como seguir adiante e se apropriar do que queriam. Mas Red tinha mais uma carta na manga.

Ela foi até Chester e Ace.

— Gente. Vamos ter que dançar.

Chester ficou alarmado.

— Olha… eu sabia que podia chegar a este ponto — disse. — Mas sei dançar tanto quanto eles.

— Sei que não conseguimos praticar na Baía das Amoras — falou Red. — Mas, se ao menos tentarmos, talvez eles peguem o embalo.

— Não sei, não…

— Vamos tentar — interveio Ace. Ele parecia nervoso, mas tinha uma expressão firme no semblante. — Eu danço com você, Red.

Ela sorriu.

— Então vamos.

Capítulo

29

Dançar, dançar e dançar

Red mordeu o lábio e levou Ace até o centro do salão. Sentindo o que eles queriam, Katy assentiu e trocou a fita na caixa de som.

Era uma versão jovem do Rei Ben cantando "Seja nossa convidada" com o Coral de Auradon, seja lá o que isso fosse. Era música de um lugar que não estava atrelado à mãe de Red, de tempos melhores que ninguém ali vivenciara, mas pelos quais sentiam nostalgia ainda assim. A multidão não se mexeu, mas Red sentia que estavam curiosos.

Ela suspirou fundo e se virou para Ace. Ele a olhava solenemente e balançou os ombros, um a um, ao ritmo da música.

— Tá certo — disse ele com a voz baixa, para que ninguém os escutasse. — Lembro de ver algo assim, eu acho. E isso...

A cada quatro batidas, ele meio que abaixava os quadris. Os ombros e os quadris. Red fez o melhor que pôde para imitar seus movimentos, embora sentisse que tentava mexer certos músculos que tinham passado anos rijos e frios. Algumas pessoas se viraram para observar os dois com interesse, e o rosto de Red ficou vermelho.

De repente, seus dedos ganharam vida, estalando numa batida própria. De alguma forma, o som conectou o ritmo ao corpo da Princesa, permitindo que seu cérebro respondesse melhor a ele.

— Olha só, estalar os dedos ajuda — falou para Ace. — Não me pergunte por quê.

— Que bom. E um pouco disso…

Ace deu um passo para o lado, depois voltou. Passinhos na primeira e na terceira batida. Red o imitou, se movendo junto com ele. Depois, ela explodiu em risadas.

— Devemos estar tão ridículos — falou.

— Tudo bem, continue! — Ace lhe deu um sorriso enorme, e Red viu que se formara um círculo de pessoas ao redor deles. Aquilo quase a fez vacilar, mas viu algumas pessoas balançando a cabeça, estalando os dedos e batucando os pés.

— Tá dando certo! — sussurrou.

— E isso *aqui*? — Ace mudou o ritmo e foi para o lado oposto ao dela, indo para um lado enquanto ela ia para o outro. Em seguida, pôs-se a balançar a cabeça também, começando pelo queixo e deixando o corpo se soltar num balanço que a cada segundo ficava mais fluido.

Red riu e deu passos para a frente e para trás em vez de um lado para o outro. De repente, pensou nas aulas de Maddox sobre planos espaciais e movimento; havia tantas maneiras de dançar de forma dinâmica, sempre adicionando dimensões. Red se abaixou por duas batidas, depois se ergueu. De um lado para o outro, para a frente e para trás, para cima e para baixo. Girando.

— Legal! — Ace riu.

Ele batia palmas em vez de estalar os dedos, entrando no clima cada vez mais. Katy aumentou o volume. Red e Ace passaram a se mover em círculos, experimentando os novos movimentos e nunca tirando os olhos um do outro.

Ainda que, em sua visão periférica, Red visse que os demais estavam se juntando a eles, pessoas sozinhas, duplas, grupos de três estavam se afastando do círculo, todos parecendo um pouco robóticos a princípio mas depois melhorando, ficando mais leves. A multidão vibrava de novo — o falatório, os gritinhos e os risos soando aqui e ali.

Katy colocou uma música ainda mais animada, e Red e Ace diminuíram o círculo ao redor um do outro para combinar. Estavam girando tão rápido, que, de tão tonta, uma hora Red quase tropeçou nos próprios pés, mas Ace a pegou pela mão e a puxou para si.

A menina gritou e riu alto, sem fôlego. Ela e Ace estavam cercados por pessoas, mas de alguma forma era como se estivessem completamente a sós, em sua própria bolha temporal em meio ao caos e ao barulho. Os feixes de luz cortavam a escuridão atrás dele, e ele a encarou de lábios entreabertos.

Com uma mão, ele ainda segurava a dela; a outra mão dele, de alguma forma, foi parar em sua cintura. Red sentiu o tempo ficando mais lento até parar e ela sentir cada segundo que passavam juntos naquele abraço.

— Red — murmurou ele.

Ace se inclinou para mais perto dela, quando…

As luzes se acenderam do nada, fortes e anticlimáticas. A música parou imediatamente.

Red grunhiu por dentro. Alguém tinha encostado sem querer no interruptor, ou Chester estava pregando uma peça neles…

Foi então que a voz da mãe, autoritária e fria, irrompeu pelo salão.

— *O QUE É QUE ESTÁ ACONTECENDO AQUI?*

Capítulo
30

Cartão vermelho na festa

Quando os soldados-cartas interromperam a primeira festinha na floresta, houve caos. Mas, daquela vez, ninguém se moveu. Nem mesmo a Rainha de Copas. Ela ficou parada em choque no outro canto do salão, com a mão tremendo de leve.

Em seguida, bateu o pé e gritou de novo, sua voz ricocheteando no piso e nos pilares de mármore, produzindo um eco horrível, tenebroso. A exclamação foi parte grito sufocado, parte pergunta, parte ordem mortal.

— *OQUEVOCÊSESTÃOFAZENDONOMEUCASTELO? SAIAMJÁJÁJÁJÁ!*

Foi então que o salão entrou em surto. Os jovens do País das Maravilhas fugiram para todos os cantos, ignorando a entrada de serviço e correndo em direção a todas as portas do castelo, até mesmo passando pela própria Rainha na tentativa de saírem dali o mais rápido possível. Abandonaram chapéus, suéteres coloridos, as roupas favoritas na pressa de voltarem a ser uma massa de cinza. Red viu Twee e Dora se abaixando e escondendo o rosto, tropeçando nos outros por não conseguirem ver aonde iam. Havia tantos adolescentes a mais do que da última vez, que as saídas ficaram obstruídas e as pessoas começaram a gritar.

— Pelo naipe de Espadas! — falou Ace baixinho. Chester correu até os amigos.

— Da última vez ela não ficou brava — disse Red, incerta. — Ela provavelmente só teve um dia difícil.

À medida que a multidão se dispersava, a Rainha de Copas focou seu olhar fulminante na Comissão de Festas do País das Maravilhas. Seu rosto, em geral muito pálido, estava vermelho feito um tomate. Uma veia grossa pulsava visivelmente em sua testa, e sua boca se contorcia num rosnado.

— Não sei não, Red — falou Chester.

— *GUARDAS!* — gritou a Rainha.

— Talvez… seja melhor a gente dar o fora — propôs Red.

— O mais rápido possível — confirmou Ace.

Não demorou até que legiões de soldados-cartas entrassem aos montes pelas portas, detendo os jovens aterrorizados que tentavam escapar.

— Tirem-nos daqui! — gritou a mãe de Red. — Todos em quem conseguirem botar as mãos!

— Subam aqui. — Red chamou Chester e Ace para a porta na plataforma que se camuflava com a parede de mármore ao redor, a passagem que a Rainha usaria se precisasse sair com rapidez. Quando entraram no túnel escuro, Ace acendeu uma lanterna que tinha pegado do salão.

— Bem pensado — sussurrou Red. — Mas precisamos nos apressar. Ela sabe que eu sei da existência desta passagem secreta.

Ace entregou a luz a Red e ela foi na frente, agachada para não bater a cabeça no teto baixo e tateando a parede de pedra. Pararam ao chegar a uma bifurcação. Red sabia que o túnel à esquerda levava ao labirinto de cercas-vivas. Mas, se a Rainha de Copas tivesse visto a filha entrando pela porta secreta e planejasse mandar cortar a cabeça dos três, lá seria o primeiro lugar onde os soldados-cartas procurariam. A mãe de Red nunca esperaria que ela escolhesse a outra opção.

E isso significava que precisavam se arriscar. Red fez uma careta e se virou para os garotos.

— Precisamos seguir por aqui. — Ela apontou naquela direção. — Mas não vai ser nada agradável.

— O que tem lá embaixo? — murmurou Chester, percebendo o declínio gradual do caminho.

— A passagem antiga dos criados.

— Debaixo do castelo? Ela não é cheia de... de... — Chester gaguejou, empalidecendo. — Ela não botou...

— Não, lá não é cheio de crocodilos — respondeu a menina, impaciente. — Talvez fosse o caso antigamente, sei lá. Vai ver ela mesma inventou esse rumor.

Red não mencionou que ela própria tinha crescido com medo dos túneis desativados e do que havia neles. Lá do alto das janelas de seu quarto, a abertura de rochas *de fato* fazia sombras grandes, e ela imaginava coisas terríveis lá dentro. Isso sem contar que havia algum tipo de líquido empoçado, vermelho de um jeito que lembrava muito sangue — o que era uma maneira muito eficaz de manter as pessoas longe.

E tornava aquela uma péssima rota de fuga.

No entanto, era o único lugar onde a mãe de Red não mandaria os guardas procurarem, então eles desceram.

Enquanto Red, Ace e Chester seguiam pela passagem escura e rochosa, o cheiro de água parada e orvalho seco preenchiam o ar. Seja qual fosse a coisa que tivesse inundado a passagem estava estagnado e, por algum motivo, havia um cheiro pungente de produtos químicos. O túnel se tornava mais íngreme, e Red conseguia ouvir os barulhos abafados da água do fosso. Por fim, a lanterna iluminou a boca do túnel, onde um líquido vermelho estava empoçado.

— O que é isso? Não pode ser mesmo... — Chester se calou.

— Acho que é algum resíduo de dentro do castelo. Provavelmente da sala de tintura ou algo assim. — Ao menos Red *torcia* para que esse fosse o caso.

— Tem outra saída, não é? — perguntou Ace, com mais do que uma pitada de pânico na voz. — Ou uma ponte que a gente possa cruzar?

Red ouviu o pesar na própria voz quando respondeu:

— Não. Acho que precisamos encarar o líquido mesmo.

Chester grunhiu.

— Será que de fato vale a pena? Talvez seja melhor a gente subir outra vez. Vai que ela só deixa você de castigo. Seria bom, não acham? Daí você podia acabar perdendo a Cerimônia do Chá.

Red mordeu o lábio e estava prestes a concordar quando um som cruzou a água viscosa. Foi um grito de gelar os ossos, como se um borogove tivesse sido atropelado pelo carro da Duquesa em velocidade máxima.

— *O que* foi isso? — sussurrou Ace.

Red só conseguiu balançar a cabeça; pela primeira vez, um medo verdadeiro se apossava de seus membros e os fazia tremer. A lembrança do menininho que desaparecera na antifesta lhe veio à mente. Red às vezes se esquecia da reputação da mãe. Em meio a todo o treinamento real ridículo, o planejamento da cerimônia e anos da vida mundana sem rebelião no País das Maravilhas, Red tinha se esquecido do *porquê* de os cidadãos serem tão previsíveis e obedientes.

Porque ninguém queria ter de enfrentar a Rainha de Copas, nada misericordiosa.

Sem mais hesitação, os três avançaram solenemente, respirando fundo e encarando a água escura e espessa.

O líquido não era frio, o que de certa forma tornava tudo pior. Era morno, com uma viscosidade estranha que deixou as mãos de Red oleosas e escorregadias. Ela desligou a lanterna e levantou a mão para não molhar o aparelho. Assim, os três se moveram pelas entranhas do castelo. Por sorte, e por mais viscoso e sujo que o chão fosse (seja lá qual for o motivo disso), dava para alcançar com os pés a superfície coberta de musgo.

De algum lugar acima deles, vieram mais gritos e berros.

— Se formos até os fundos do castelo, podemos seguir uma trilha para sair da propriedade — sussurrou Red por cima do ombro.

— Quanto antes, melhor — sibilou Chester em resposta. — Tô odiando isso aqui... é tudo... *eca*...

Ele tropeçou ao falar, tentando manter o equilíbrio, mas causando um respingo grotesco no fosso. Ace o agarrou pelo braço.

— Ai, pelo naipe de Paus — gemeu Chester. — Entrou na minha boca, entrou na minha bocaaaaa...

— Cospe logo e fica quieto! — mandou Red.

Foi com grande alívio que encontraram uma trilha de pegadas no fim do túnel e saíram da água morna. Sem parar para se limpar, Red, Ace e Chester correram para longe do castelo e entraram na floresta que o cercava.

Red deu uma última olhada para a casa antes que ela sumisse por trás do monte de árvores.

Capítulo
31

Floresta adentro

Correram aos tropeços pela floresta sem senso de direção algum. Red só conseguia pensar em colocar o máximo de distância possível entre ela e a mãe antes que a Rainha tomasse outras medidas. Ela não usaria força bruta contra a própria filha, mas retaliação psicológica já era outra história, e Red sabia exatamente seu poder de manipulação.

A Rainha de Copas tinha conhecimento de que os três tinham saído pela passagem secreta. Como os guardas não os encontraram no labirinto de cercas-vivas, ela saberia que tinham escapado nadando pelo fosso. Dali em diante, era só uma questão de observação para adivinhar os movimentos de Red. Tudo não passava de um jogo para a Rainha.

Mas eles iriam o mais longe que conseguissem. E Red sabia que em algum lugar, para além da floresta, havia…

Ace, que estava alguns passos à frente dos outros dois, de repente gritou e sumiu de vista.

— Ace! — berraram Red e Chester.

Foi então que a própria Red sentiu o chão sumindo sob seus pés quando Chester lhe agarrou o braço, e ela viu que Ace tinha caído da beira de um barranco. No escuro, eles mal conseguiam enxergá-lo se recompondo.

— Tá tudo bem? — gritou Red.

— Aham. — Ele se levantou e tirou a poeira da roupa. — Por sorte, não é tão íngreme.

Red e Chester desceram com cuidado, tateando a terra. Deviam ser os barrancos que davam para o Deserto Vermelho. Além dele, em algum lugar na noite, estava o Lago de Lágrimas. Ela contou aos garotos o que Jace lhe dissera, sobre como ali havia uma outra saída, caso sobrevivessem às águas.

— Tem certeza de que não se machucou? — perguntou Red, tocando gentilmente o braço de Ace quando se aproximou dele.

— Sim. Foi mais a surpresa, mesmo.

— Espere, estão ouvindo isso? — perguntou Chester.

Cada músculo no corpo de Red se tensionou.

— O quê?

— Água, eu acho... por ali...

Ele correu naquela direção e, com um suspiro, Red o seguiu. Não havia tantas árvores dando cobertura ali, e o caminho foi iluminado pelo leve brilho azul da lua. Dito e feito; a vários quilômetros de distância, uma cachoeira caía dos barrancos e formava um riachinho que seguia até o deserto. Um riacho que, ela esperava, levaria até o lago.

— Ah, graças ao amor de Copas — murmurou Ace. — Minhas roupas ainda estão com o cheiro do túnel.

— Vão vocês primeiro — disse Red. — Vou dar uma vasculhada por aqui.

Ela se embrenhou pelo bosque, envergonhada pela ideia de ver qualquer um dos dois garotos sem camiseta. Logo, porém, foi tomada por preocupações ainda maiores. Será que era seguro parar para descansar durante a noite? E se o Lago de Lágrimas não passasse de balela?

— Sua vez — falou Chester por trás dela, assustando a amiga.

— Valeu. — Red passou a mão pelo cabelo, cheia de nojo das pontas enrijecidas e grudentas que havia molhado com a água do túnel. — Meninos... acho que a gente devia parar para descansar aqui. Não sei o que vai acontecer amanhã, mas precisamos descansar em algum momento.

— Pelo menos a grama é macia — concordou Ace. — E temos água fresca. Vai lá se limpar, e a gente vai tentar improvisar um acampamento.

Red assentiu e foi até a cachoeira. Ela entrou no riachinho aos pés da cascata, de vestido e tudo, querendo lavar tudo ao mesmo tempo. A água estava gélida, e ela estremeceu quando o líquido bateu em sua cintura, em suas costelas. Red se preparou e enfiou a cabeça embaixo da queda-d'água, forçando-se a ficar ali e deixá-la lavar todo seu cabelo.

Ela não sabia se tinha adiantado muito, e saiu tremendo de frio, mas o ato de se lavar ao menos a fez se sentir um pouco melhor.

Quando Red se virou para o ponto onde os garotos tinham ficado, viu o brilho laranja do fogo entre as árvores.

— Fizeram uma fogueira? — perguntou quando os encontrou esquentando as mãos na clareira gramada. — Como conseguiram?

— Somos dois homens da selva — brincou Chester com um sorriso zombeteiro.

Ace revirou os olhos.

— Não sei o que era aquela água do fosso, mas é superinflamável. Fizemos aquela parada de esfregar gravetos e, quando uma faísca atingiu a meia que eu tinha acabado de tirar, subiu um fogo do nada.

— Então... talvez seja melhor não chegar tão perto — falou Chester.

Red se sentou a uma distância segura e abraçou os joelhos. A luz a deixava nervosa, mas seu corpo ansiava pelo calor.

— Acham que é seguro? Tipo, será que dá para ver a gente de longe?

— Vamos apagar assim que nos secarmos — tranquilizou-a Chester.

— Eu fico de vigia primeiro — ofereceu Ace. — Podem dormir.

Red se deitou, puxando os joelhos para o peito e desejando que sua vestimenta da festa incluísse um casaco grosso.

— Eu assumo daqui a vinte minutos — murmurou.

Ela não esperava conseguir dormir, mas quase de imediato caiu numa inconsciência inquieta.

Capítulo
32

Não existe montanha alta demais

Os sonhos de Red foram pesadelos repletos de rios de sangue, soldados-cartas enormes e terra firme que cedia sob seus pés. Quando ela despertou assustada, estava envolta pela luz fraca da manhã. Levantou a cabeça e viu Chester de guarda.

— Falei vinte minutos — contestou ela com a voz rouca e o corpo rígido.

Chester apenas deu de ombros. Cada músculo no corpo protestava, e Red teve que fazer força para se sentar. Algo escorregou de seus ombros; o casaco vermelho de mordomo de Ace.

— Ele ficou preocupado de você estar com frio. — Mesmo nas circunstâncias mais complicadas, Chester mal conseguia esconder um sorrisinho.

Red ignorou o amigo e alisou o casaco, depois o colocou sobre Ace, adormecido ao lado das cinzas da fogueira. Ele se mexeu e coçou os olhos.

— Ei — falou Red baixinho. — Acho melhor a gente ir antes de o sol ficar alto demais.

Ele deu uma olhada ao redor com uma cara estranha.

— O quê?

— Nada. — Ace balançou rapidamente a cabeça e tentou sorrir. — É só que estamos parecendo os fugitivos que somos.

Red olhou para o vestido. O rosa-claro que tinha se esforçado tanto para conseguir estava manchado de vermelho-sangue pela água do túnel. O tom ferroso tinha encharcado a saia e subido até o decote, onde somente algumas partes rosa tinham sobrevivido.

Ela abaixou a cabeça, escondendo dos garotos as lágrimas que lhe enchiam os olhos.

Eles caminharam em silêncio pelo chão terroso, virando-se para trás de vez em quando e costurando pelas árvores que ficavam cada vez mais baixas. Enfim, a grama virou areia quente, estendendo-se diante deles num campo plano, empoeirado e interminável. Os penhascos baixos continuavam à esquerda, e os três adolescentes se mantiveram ao pé deles. Seguiram o que restava do riacho, com um mero braço de largura poupado da evaporação pela sombra dos barrancos.

Red respirava fundo enquanto caminhava. A vastidão do deserto lhe deu saudades do mar da Baía das Amoras e de sua atmosfera doce e salgada. Ali, sentia a garganta seca e arranhando.

— Olhem lá. — Ace apontou para o horizonte, onde um amontoado de rochas subia até o céu. — Aquilo é...?

Chester deu um assovio baixo e profundo.

— Aham. — Red suspirou. No alto da Montanha de Vorpal ficava o Salão das Portas e, principalmente, o Lago de Lágrimas.

Red analisou os arredores, dando uma olhada sobre o ombro pela milésima vez para se certificar de que não estavam sendo seguidos. À medida que os barrancos continuavam pelo deserto, surgiam dezenas de cavernas e pequenas grutas. Uma em particular chamou a atenção de Red, à distância.

— Vamos para lá — falou. — Talvez a gente consiga se esconder durante o dia e continuar à noite.

———

Quando se aproximaram da caverna, estavam de panturrilhas e de pés doloridos da caminhada de mais de um quilômetro e meio na areia. Embora felizmente todos eles tivessem colocado tênis para a festa, não era o tipo de calçado feito para cruzar longas distâncias. No céu, o sol ficava cada vez mais alto e mais quente, cozinhando o deserto.

Os sapatos também não tinham sido feitos para escalar montanhas, mas foi exatamente o que Red, Chester e Ace fizeram nos penhascos, passando por outras cavernas pelo caminho. Algumas eram rasas demais, outras estavam cheias de escombros e areia. Chester coletou um monte de folhas secas e gravetos durante a subida e, ao chegarem à boca da caverna, foi acender uma fogueira. Quando enfim conseguiu uma faísca, Chester pegou a outra meia encharcada do líquido do fosso, e Red a viu explodir em chamas.

Algumas aranhas desciam por teias presas a estalactites, e algumas lesmolisas touvas escorregadias rastejavam para a escuridão. Por outro lado, com o interior de pedra gelada e paredes mornas, a caverna era quase aconchegante.

— Não ligo para o que seja, mas precisamos ir atrás de *alguma coisa* pra gente comer — falou Chester, cutucando as chamas que cresciam.

Red assentiu em silêncio. Eles não comiam nada desde o último calzone na noite anterior. Havia apenas uma fonte de alimentação possível, e ela e Ace desceram o penhasco a fim de ver o que conseguiam encontrar no riacho.

— Não temos o equipamento necessário para pescar — falou Ace. — Mas não acho que isso importe.

Red tirou os sapatos e entrou na água arenosa. A sensação era maravilhosa, depois de tanto andar no clima quente. Passando as mãos pelo chão lamacento, encontrou algo duro. Red puxou, e a coisa cedeu depois de um pouco de resistência. Depois que tirou o objeto da água e o lavou, a menina grunhiu.

— Tudo bem, então. Hum... acho que dá pra gente comer isso.

— O que é? — perguntou Ace.

Red inspecionou a concha escura. Ela a abriu da melhor forma que pôde.

— Acho que é um mexilhão.

Ace ergueu as sobrancelhas.

— Pelo menos não é uma ostra, não é?

Red franziu os lábios.

— Não que seja tão diferente assim. Mas Chester está certo, precisamos comer.

Ele se abaixou com ela, e encontraram uma colônia, com mexilhões pretos grandes e pequenos, todos grudados. Ace amarrou o casaco vermelho para formar uma bolsinha sobre o ombro, e eles a carregaram.

— Nunca pensei que isso seria tão útil — falou. — Quando chegarmos a um destino, vou pedir que me façam uma nova.

Red parou com o braço enfiado no lamaçal e tentou reprimir a ânsia. Deu um sorrisinho para ele.

— Estou surpresa que consiga se sentir tão otimista em um momento como este.

— Pois é — respondeu Ace, baixinho, enfiando o braço de volta na água. — Bem, qual a alternativa? Ficar triste? Se é para desistir, é melhor nos entregarmos de vez aos guardas.

— O que vamos fazer, Ace? — sussurrou Red, de repente sentindo o pânico crescente no peito.

Ace a olhou por um longo momento, depois sacudiu a cabeça.

— Não sei... O Lago de Lágrimas é uma ponte ou um beco sem saída?

— Só vamos descobrir quando tentarmos cruzá-lo a nado. Só espero que Jace esteja certo.

— Ei, Princesa. — Ace colocou a mão sobre o ombro dela. — Vamos dar um jeito juntos quando chegarmos lá. Vai ficar tudo bem.

Quando voltaram para a caverna, Chester já tinha terminado de aprontar a fogueira. Colocaram os mexilhões nas brasas, deixando-os cozinhar na própria água do rio. Depois, abriram as conchas com as mãos.

— Red? — chamou Ace, oferecendo um à menina.

Ela balançou a cabeça, mas seu estômago doía de fome ao ver Ace e Chester comendo, então ela grunhiu e colocou a cabeça nas mãos.

— Tá bem, tá bem — falou, estendendo a palma.

Engoliu o fruto do mar antes que pudesse senti-lo na língua, e logo se sentiu melhor. Red se lembrou com pesar da aula de Twee e Dora sobre talheres para comer ostras e balançou a cabeça. O que as garotas pensariam dela comendo aquele negócio gosmento com as mãos? Era como se o treinamento real tivesse acontecido vidas atrás.

— Tá, mas… e agora? — perguntou Chester.

Red olhou para ele e Ace enquanto remexia as conchas. Ela não era a líder deles, mas sentia uma grande responsabilidade por tudo pelo que estavam passando — afinal, era a mãe dela que colocava a vida deles em risco. O mínimo que podia fazer era assumir o controle.

— Não sei nada a respeito do Lago — falou. — Mas, conhecendo minha mãe, será necessário desvendar um enigma para que dê certo.

— E se a gente não conseguir resolver? — perguntou Chester.

— A gente resolve esse problema quando e *se* depararmos com ele — falou Ace, a voz firme, mas ainda assim Chester lhe lançou um olhar feio. Não chegava a ser O Olhar, mas estava perto disso.

No entanto, Chester pressionou:

— E se a gente conseguir?

— Daí… vamos embora do País das Maravilhas — disse Red.

— Para sempre?

— Aham. Não podemos continuar vivendo assim.

— E se não tiver nada além do Lago? — perguntou Chester.

— Pelo naipe de Paus, Chester, por que está dificultando tanto…

Chester abriu outra concha de mexilhão.

— Estou dificultando porque, do meu ponto de vista, estamos presos e andando em círculos pelo País das Maravilhas, e vamos nos esquivar de soldados-cartas pelo resto da vida, ou vamos continuar vagando sem rumo por uma terra desconhecida que pode ou não se importar com os nossos problemas. Red, minha família pode acabar em uma encrenca por conta disso. Minha prima…

— Não vale a pena brigar por isso — intercedeu Ace. — Chester, concordo que estamos em maus lençóis, mas é melhor a gente se concentrar no que podemos controlar. Red, seu plano é o melhor que temos. Tentaremos cruzar o Lago de Lágrimas. Depois a gente decide o que fazer.

— Desculpe — balbuciou Chester. — Só estou cansado.

Red olhou séria para as mãos.

— É melhor a gente dormir mesmo. Desta vez eu faço a primeira vigília.

Ace e Chester assentiram, fazendo o melhor que conseguiam para se acomodarem no chão de areia.

Red se sentou à boca da caverna, encarando a areia quente e iluminada até seus olhos arderem e a visão ficar turva. Revirou as conchas de mexilhão, cutucando-as com as unhas e sentindo o exterior duro e os centros macios. Uma sensação estranha e desagradável tomou conta de seu estômago. E se tivesse ignorado Chester e Ace naquela noite quando havia descido pela hera? Queria ter tentado dar uma festa sozinha. Assim, só ela estaria fugindo agora, só Red teria que enfrentar a fúria da mãe — e mais ninguém. Talvez fosse verdade. Essas coisas eram melhores quando feitas sozinha.

A menina apertou as conchas nas mãos até estilhaçarem.

Capítulo
33

Corra, Red, corra

Já era noite quando ela os viu.

O uivo do vento cruzando o deserto sem fim tinha quase feito Red cair no sono, de volta ao posto depois de ter revezado com Chester e Ace. Estava num estupor apoiada na rocha, a areia nadando em seu campo de visão.

Mas houve um movimento nas árvores frondosas de onde tinham vindo, uma movimentação descendo pelo caminho de areia e levantando nuvens de poeira, o que fez Red se sentar.

— Chester — sibilou ela. — Ace…

Ela os ouviu se mexendo atrás dela, mas não se virou para olhar. Não demorou até que a primeira tropa surgisse à vista. Rijos, brutais e frios nos uniformes vermelhos, marchavam pela areia num ritmo rápido. Calculado. Eram todos enormes e carregavam maças pesadas no formato do naipe de Paus. Era a Guarda Blindada, a legião de elite dos soldados de sua mãe.

— Ah, pelo naipe de Copas — sussurrou Ace ao lado dela.

— A gente já devia ter dado no pé. — Red balançou a cabeça. — Minha mãe deve ter adivinhado que tentaríamos seguir para o Lago de Lágrimas. Eu devia ter acordado vocês e…

— Agora não faz mais diferença — falou Chester. — Vão revistar os penhascos, com toda certeza. Será que temos chance de fugirmos? Seremos vistos, mas não sei se eles seriam tão ágeis com todo aquele metal.

Ace cerrou o maxilar.

— É melhor a gente se separar.

Ele e Chester trocaram um olhar significativo.

— Vai ser arriscado — respondeu Red, incerta.

Ace assentiu.

— Mas é a única maneira. Eles vão ter que nos caçar separadamente, e se um de nós for capturado… os outros têm uma chance melhor de escapar e procurar ajuda.

Red encarou os dois. Acontecera algum tipo de comunicação entre eles, algo que não tinha entendido, mas não havia tempo para fazer perguntas. Dava para ouvir os passos pesados dos soldados-cartas de dentro da caverna.

— Está bem — concordou Red.

Chester a olhou e, embora as coisas tivessem sido difíceis nos últimos dias, e tivessem mudado tanto, ele de repente parecia o mesmo garoto de franja comprida que ela conhecera na aula de Maddox duas semanas antes. Sentia como se devesse toda uma vida a ele.

— Certo, Princesa. — Chester lhe deu aquele sorriso largo e familiar, o que a deixou de peito apertado. — Vamos lá.

Eles saíram da caverna, Red de um lado e Chester e Ace do outro. Ela desceria pelo norte do penhasco, enquanto Chester iria para o sul e Ace atravessaria o topo. Se conseguissem atravessar os penhascos com rapidez suficiente, talvez dessem conta de chegar à Montanha de Vorpal antes que as cartas os alcançassem.

No entanto, atravessar o penhasco não seria tarefa fácil.

Red e os garotos assentiram uns para os outros, e Red descia com o máximo de rapidez possível, num tipo de dança do caranguejo calculada, se agarrando à rocha e seguindo por cima do deserto.

Gritos de guardas surgiram quase de imediato. Red sentiu enjoo e arriscou olhar para trás. Os guardas, ainda talvez a quase um quilômetro de distância, tinham disparado numa corrida mecânica e atlética e estavam preparando arcos.

— *Pelo naipe de Paus!* — xingou Red, apertando o passo. Desejou poder alertar Chester e Ace. Os soldados-cartas comuns raramente usavam flechas com ponta de coração, pois não havia necessidade de fazer isso; eles, porém, estavam lidando com a Guarda Blindada. Algumas flechas acertaram o entorno da boca da caverna, ricocheteando no rochedo. A respiração de Red se tornou superficial e rápida. A Rainha de Copas provavelmente queria Ace e Chester com ou sem vida.

Red fechou os olhos por um momento, lutando contra uma tontura que ameaçava dominá-la. Não podia se permitir perder o ritmo. Então, continuou.

A alguns bons metros da caverna, Red já não conseguia mais ver parte alguma da trilha nem ouvir nenhum barulho que não fosse o assovio do vento sobre o penhasco. Isso não lhe causou alívio — ela sabia que a Guarda Blindada escalaria a qualquer instante; também sabia que não conseguiria vê-los. Seus braços tremiam e os dedos doíam à medida que ela tentava alcançar um ponto seguro para as mãos, um após o outro, sentindo que seu progresso era lento demais. Ainda assim, Red não ousou olhar para baixo. Pensou na primeira vez que tinha descido pela hera na torre, em como tinha se sentido corajosa naquele dia. Tentou voltar àquele estado de espírito e percebeu que era impossível.

Red não se sentia corajosa. Estava morrendo de medo e sabia que nunca haviam corrido tanto perigo quanto naquele momento.

— Sou Red Vermelha de Copas — falou entredentes. — Não me importo. Eu não me importo.

Muito lentamente, a menina saiu do outro lado do penhasco e, arriscando outro olhar sobre o ombro, viu que a Montanha de Vorpal estava ainda mais próxima que antes.

Só que então vieram os gritos e o barulho estridente de metal no rochedo logo acima.

Red sentiu um aperto no coração — será que os guardas tinham chegado ao topo antes deles?

Ela hesitou, olhando para cima. O patamar estava a apenas alguns metros de distância. Precisava ver o que estava acontecendo. Precisava saber.

Acelerou o passo e encontrou um espaço onde podia ficar agachada, atrás de uma pedra alta, e olhar sobre o topo.

A garota precisou colocar a mão na boca para reprimir um grito.

Os guardas tinham pegado Ace. Ele tinha sido preso por dois soldados, que apertavam os braços do menino. Ele estava longe de Red, mas não o bastante para que ela deixasse de enxergar o ferimento escuro em sua bochecha, onde uma flecha devia tê-lo acertado de raspão. Havia mais um guarda diante dele, cuja maça brilhava de maneira ameaçadora à luz do sol.

O soldado dizia algo para Ace, que balançou a cabeça. O garoto então respirou fundo e gritou:

— *CORRA!*

Red quase perdeu o equilíbrio ao arquejar, mas ele não estava gritando para ela. Quando o guarda com a maça se virou, ela viu Chester ao longe no penhasco tentando fugir, mas três guardas o atacaram por trás, quase caindo da beirada.

— Não — sussurrou Red. — Não, não, não, não…

— Ela já está longe! — gritava Ace enquanto apontava na direção de Chester. — Ela foi para o sul, e fugiu tão antes que vocês, cartas burras, nunca vão conseguir alcançá-la…

O guarda que o questionava bateu a ponta da maça no rochedo.

— Ah, você acha que isso me intimida? — gritou Ace, mas parecia à beira das lágrimas. — Acham que são os maiorais? Vocês não passam de um monte de cartas. Não passam de...

O guarda apontou para a cabeça de Ace, e os demais o levaram para a beira do penhasco, de volta pelos barrancos, rumo à trilha.

Capítulo
34

O resgate

Red ficou sentada na beira do penhasco por um longo tempo depois de eles terem partido. Sentia como se tivessem arrancado suas entranhas e a deixado vazia por dentro.

A Princesa não sabia o que fazer. Ace e Chester queriam que seguisse para a Montanha de Vorpal, disso ela sabia. Sua mãe queria que ela seguisse seus passos e governasse o País das Maravilhas. Ela olhou para a esquerda, em direção ao Salão de Espelhos, e para a direita, onde findava o deserto e a trilha levava de volta à floresta. Poderia seguir até a Baía das Amoras, roubar um barco e navegar para o mar infinito e para o que houvesse além dele, deixando tudo aquilo para trás.

Olhou para as manchas vermelhas do fosso em seu colo. Sempre seria Red, a filha da Rainha de Copas, independentemente de quanto se esforçasse ou de até onde chegasse. O vestido arruinado não era prova suficiente disso?

Mesmo que Red tivesse coragem de partir e dar início a uma nova vida, nunca chegaria muito longe. Sempre estaria atrelada ao País das Maravilhas.

E ainda estava atrelada aos amigos.

Um pensamento de recriminação acompanhava a batida de seu coração: *Você se importa, você se importa, você se importa.*

Red tensionou o maxilar. O que faria, então? Sempre soubera que queria amigos, e de alguma forma tinha conseguido. Agora precisava lutar por eles.

Cerrou os dentes e começou a descer pelo penhasco, de volta à capital, enquanto o sol brilhava escarlate em sua pele.

Red não tinha nada enquanto corria de volta para a floresta: nada de dinheiro, nenhum documento de identificação — apenas o vestido no corpo e os sapatos nos pés.

No entanto, permanecia com sua reputação, e ainda tinha O Olhar.

Ela sabia que havia um acampamento de lenhadores em algum lugar depois do deserto, no Bosque Real. Embora estivesse anoitecendo quando enfim ouviu a melodia de um machado na madeira, Red avançou com coragem até chegar a uma clareira com cabaninhas uniformes, fogueiras acesas e troncos empilhados.

Havia um grupo de homens ao redor do fogo, falando baixo e bebendo de xícaras.

— Olá — disse a garota, mas sua voz saiu tão fraca que ninguém se virou.

Ela cerrou as mãos em punhos e fechou os olhos. Em seguida, pensou em sua mãe e gritou.

— COM LICENÇA!

Os homens se calaram e se viraram, encarando de olhos arregalados a menina entre eles que provavelmente parecia estar coberta de sangue.

— Olá — repetiu Red, erguendo o queixo e usando O Olhar. — Sou a filha da Rainha de Copas, e este é o *meu* Bosque Real. Exijo que me cedam um dos cavalos para que eu possa retornar ao castelo. O mais rápido, de preferência, por favor.

Houve um longo momento de silêncio, e depois um dos homens pareceu se recuperar o bastante para falar.

— Nossa… Olá, Princesa Red. Que surpresa recebê-la em nosso acampamento — disse, sorrindo para ela. — Esta floresta não é um lugar muito receptivo para a realeza, pelo que vejo. Entendo por que deseja voltar logo para o castelo.

— Quanta insolência — respondeu Red com frieza. — Preciso de um cavalo, não de conversinha-fiada.

— Infelizmente, nossos animais já estão prontos para descansar durante a noite — disse o lenhador, seu sorriso ainda brando, mas sua voz um pouco mais firme. — Esta floresta até pode pertencer à senhorita, mas não é o caso de nossos cavalos. Podemos lhe dar um lugar para ficar, e um dos meus homens aqui pode levá-la de volta pela manhã.

— Preciso ir *agora* — falou Red entredentes. — E posso muito bem ir sozinha.

O homem a avaliou dos pés à cabeça.

— Duvido muito. — Depois acrescentou, antes que fosse tarde demais: — Vossa Alteza.

Red deu um passo à frente, depois mais um. Os outros homens exibiam sorrisos maldosos, e um deles riu.

— Você é a cara da sua mãezinha adorável mesmo, hein? — falou.

E foi o que bastou. Red avançou, pegou a caneca de um dos homens e a lançou na fogueira com tudo. A porcelana quebrou, e seu conteúdo foi engolido pela chama, fazendo faíscas atingirem o casaco de um dos lenhadores e ateando fogo nele.

O homem gritou e se apressou em abafar as chamas. Red se levantou e observou, cerrando o maxilar. Enquanto os homens inspecionavam o tecido chamuscado, a garota se virou ao primeiro que falara com ela.

— Um cavalo — ordenou. — Agora.

Red blefara; ela não era das melhores cavalgando. Ainda assim, agarrou firme as rédeas do cavalo, com um braço preso no pescoço do animal enquanto o fazia avançar cada vez mais rápido com os calcanhares. Eles voaram pela floresta, desviando de nós de raízes e seguindo pelos caminhos tortuosos na luz trêmula da lanterna que os lenhadores lhe haviam dado.

Tudo se apoiava na esperança de que a Rainha de Copas ainda não impusera nenhuma punição aos meninos. Red se recusava até a cogitar a possibilidade. Se eles tivessem sido levados de volta ao castelo, provavelmente estariam nas masmorras — um lugar horrível e úmido que ficava abaixo do nível do fosso. Red sempre evitava descer até lá e odiava pensar nos dois presos naquele lugar.

No entanto, nunca chegaria às masmorras, nem sequer às dependências do castelo, sem ser detectada. O lugar devia estar repleto de soldados-cartas, e ela não tinha como saber onde a mãe estaria. Red conhecia o labirinto de cercas-vivas melhor do que ninguém, mas não era uma boa ideia ser pega assim que entrasse nele.

Red mordiscou o lábio enquanto cavalgava, esforçando-se para pensar. Lentamente, passou a ver relances das torres altas do castelo acima das árvores, brilhando no céu apesar da hora. Parecia que cada cômodo estava iluminado, cada luz acesa. Red sabia que, assim como ela, a mãe não dormiria naquela noite.

Quando voltou às estradas familiares, a Princesa fez o cavalo desacelerar para um trote e o conduziu para a lateral da estrada. O animal estava tão ofegante quanto ela, que deu tapinhas no pescoço e no flanco dele.

— Bom trabalho — sussurrou, descendo da garupa e indo, com as pernas bambas, até o focinho do cavalo. — Pode ir agora. Vá para casa.

Red observou o cavalo relinchar e voltar para a floresta, desaparecendo na noite. Estava sozinha de novo, mas talvez não por muito tempo.

A garota seguiu o resto do caminho a pé, passando pelas árvores e se abraçando para se proteger da noite fria.

Enfim chegou ao labirinto de cercas-vivas, próximo ao local onde ela encontrara Chester tantas vezes a caminho da escola. As coisas pareciam tão diferentes agora — com fileiras de soldados-cartas marchando para dentro e para fora do labirinto, e aves Jubjub enormes rondando o céu.

Red avaliou os arredores; se as cercas-vivas fossem um pouco mais densas, ela poderia seguir pelo topo, mas provavelmente seria vista ou cairia. Reentrar no castelo pelo túnel era uma possibilidade, mas ela sairia no meio do Salão Principal, que devia ter sido transformado na sede do batalhão.

Enquanto observava, Red viu um general-carta saindo do labirinto e ficando de guarda sozinho na entrada. Ao contrário das demais cartas, ele vestia uma armadura que lhe cobria a cabeça, produzindo-lhe um brilho prateado à luz do luar. Era mais baixo que os demais que ela avistara e não carregava arma alguma além do cajado com ponta de coração de sempre, que só machucava se o batessem em você.

O coração de Red disparou no peito. Ela esperou até que a fileira seguinte de soldados-cartas tivesse passado e, então, sem se dar tempo para pensar a respeito, saiu correndo em silêncio até o general baixinho, agarrando-o por trás.

Ele se assustou, mas ela agarrou o cajado de sua mão e o deitou, enfiando o objeto embaixo do braço dele para que ele só fosse capaz de se debater. Com uma força que vinha tão-somente da adrenalina correndo em suas veias, Red arrastou o general em direção às árvores. Ele tentou se libertar, mas não conseguia ver quem o capturara.

Red o empurrou para o chão e tentou arrancar sua armadura, que estava presa com muita firmeza à cabeça dele. Mesmo assim, ela insistiu, pulando sobre as costas do guarda, e agarrou o pedaço de metal, tentando descobrir como arrancá-lo. Foi então que Red viu uma incisura no capacete, um buraquinho em formato de coração que parecia ser uma fechadura.

— Pare! — sibilou a menina, firmando-se contra o general. — O que é isto na sua armadura?

Ele não respondeu, mas parecia que a peça não ia sair de outro jeito. Red pressionou o cotovelo contra a nuca do guarda e enfiou a outra mão no cabelo, procurando algum grampo que por milagre ainda estivesse ali desde que ela escapara com os amigos. Ela encontrou um, enfim, e o enfiou na fechadura, mexendo até abrir o mecanismo. Red usou as duas mãos para arrancar o capacete da cabeça do general, e ele se virou.

Ela ficou boquiaberta.

Nunca soubera ao certo *o que* havia por baixo da armadura dos soldados-cartas, ou o que viravam quando entravam para a força da Rainha, mas ela jamais esperaria reconhecer a pessoa que estava ali.

Era ninguém mais, ninguém menos que o menino da antifesta — o pequeno que tinha roubado as tarteletes e sido levado pela guarda a comando da Rainha.

Assim que ela arrancou o capacete, ele olhou ao redor, assustado.

— Onde estou? — perguntou. — O que… o que está acontecendo?

— Você é um soldado-carta — disse Red, atônita.

O menino fez uma careta.

— Não, não sou, não. Eu sou… — Ele parou de falar ao ver a armadura pesada em seu corpo. O menino puxou a proteção do braço, e Red o ajudou a tirar a armadura.

— Quer dizer que não se lembra?

Ele não respondeu. Parecia estupefato.

— O que foi que ela fez com você? — sussurrou Red. O menino a observou enquanto a jovem passava a armadura do peitoral pela cabeça dele. — Não importa. Vou dar um jeito nisso, está bem? Pode ir. Corra o mais rápido que puder.

O menino balançou a cabeça, se afastando.

— *Vai!* — rosnou a menina, e ele tropeçou antes de disparar, correndo em direção ao Bosque Real.

Red olhou para o capacete com cautela. A trava agora estava quebrada. Ela o colocou sobre a cabeça, e ele se ajustou, mas ela conseguia tirá-lo e colocá-lo de volta com muita facilidade, algo que testou algumas vezes, removendo a peça de novo. Ela pegou o cajado de coração que o menino derrubara e voltou a colocar o capacete.

Estava diante do castelo, pronta para lutar.

Capítulo
35

Jogos de cartas

Era difícil andar com a armadura, mas Red torcia para isso ajudar a reproduzir a marcha dura característica dos soldados-cartas. Avistou primeiro o labirinto de cerca-viva e depois sua casa através da abertura, uma linha fina, que havia no visor do capacete. A árvore Tumtum onde ela amava se sentar para pensar agora parecia sinistra e nada receptiva.

Não era de se espantar que Dee tinha deixado tudo aquilo para trás. Ou que Twee tinha entrado para a corte. Ambas as opções eram bem melhores do que acabar virando um soldado-carta.

Os guardas mal conversavam, o que era uma sorte, porque Red não sabia se daria conta de disfarçar a voz. Com a armadura, ela pôde marchar por todo o labirinto e atravessar as portas principais do castelo tão tranquilamente como se estivesse voltando para casa da escola.

Quando fez a curva do átrio, porém, ela quase esbarrou na própria mãe.

A Rainha de Copas estava em um estado em que Red nunca a vira antes. O rosto todo estava escarlate, e a veia irritadiça em sua têmpora parecia tão inchada que Red tinha medo de que ela estourasse. O cabelo da Rainha estava muito alvoroçado, e seus olhos estavam vermelhos.

— Olhe por onde anda! — gritou a Rainha de Copas.

Red cambaleou para trás e enfim se lembrou de fazer a reverência.

— E então? — rosnou a Rainha.

Red permaneceu congelada em sua continência. Será que havia algum outro protocolo para soldados-cartas? Ela nunca tinha prestado atenção neles antes.

— *Algum sinal dela?*

Ah. Red abaixou os braços para a lateral do corpo e sacudiu a cabeça.

— Não importa. Queria que conseguíssemos extrair informações deles. — A mãe de Red revirou os olhos e então falou com uma voz de deboche aguda: — "Vocês nunca vão encontrá-la!", "Ela vai ser uma rainha melhor do que você jamais foi!". Ai, que gastura. — Com dois dedos, esfregou o espacinho entre a ponte do nariz e o meio das sobrancelhas.

Red sentiu o estômago se revirando. Será que Chester e Ace estavam sendo poupados por ora só para que a Rainha de Copas e seus soldados-cartas obtivessem informações deles? Ela precisava descer às masmorras.

— Enfim, continuem — falou a Rainha, fazendo beicinho. — Pode ser que eu vá me deitar por um tempinho. Vou estar um *caco* na cerimônia amanhã se não tiver meu sono de beleza… Pelo naipe de Copas!

Red quase exclamou em voz alta. A mãe ia mesmo seguir com a Cerimônia do Chá? Que droga de plano era o dela?

Contudo, sem dar mais detalhes, a Rainha bocejou e seguiu para as escadas. Red a saudou mais uma vez e esperou que a mãe sumisse de vista antes de disparar. Tentou limitar a velocidade a uma marcha rápida ao descer os vários lances de escada até as masmorras.

Elas eram antigas, construídas no alicerce de um velho castelo que já existia antes mesmo de a Rainha de Copas começar seu reinado, antes do tempo de Alice, da Guerra das Rosas e do fechamento das fronteiras. E dava para sentir o cheiro, a forma como a pedra e o ferro frio de séculos de idade, enferrujados pela eterna umidade gotejante do castelo, pareciam ceder e se fundir à terra do entorno.

Era estranho. Red não tinha encontrado soldado-carta algum pelo caminho escada abaixo, e havia somente um de guarda perto da primeira cela. Red assentiu para ele e continuou, fingindo saber exatamente aonde ia.

Não havia tantos prisioneiros quanto Red esperava. Na maioria das vezes, a Rainha perdia a cabeça com pessoas aleatórias. Uma vez, Red a vira parar o carro no acostamento por ter visto um homem comendo um sanduíche de presunto numa terça-feira, o que obviamente era proibido. Chamou os soldados-cartas, e o homem foi levado.

Alguns anos antes, a Rainha de Copas tinha implementado uma "política de benevolência", que prometia um método de reforma mais misericordioso para criminosos, em alternativa à prisão. Agora, pensando no menino de quem Red pegara a armadura, nas muitas legiões de soldados-cartas sem vontade própria, cujo número parecia crescer o tempo todo, uma sensação pavorosa percorreu a espinha da Princesa.

No entanto, não havia tempo para remoer aquilo. Na cela ao fundo do corredor, Red viu um montinho familiar de cabelo castanho-claro.

Foi correndo até lá. Chester e Ace estavam com uma aparência péssima, sentados no chão imundo, os rostos impassíveis e as mãos imundas. Ergueram a cabeça, exaustos, quando ela se aproximou, claramente esperando mais punição.

— O que quer agora? — rosnou Chester.

— Não vamos falar. — Ace não olhou para a armadura. — Não temos nada a dizer.

— Gente, sou *eu* — sussurrou Red. Ace ficou de pé e Chester arregalou os olhos.

— Red? — perguntou Chester. — Não. Não, nós te dissemos para seguir em frente. Red, você precisa fugir...

— E deixar vocês apodrecerem aqui? — Seu estado de espírito beirava a irritação. — Como poderia fazer isso? Fala sério. Vamos embora juntos.

Ela revistou a armadura. Será que tinha...? Sim: havia um molho de chaves dentro das luvas, embora nenhuma delas fosse capaz de abrir a fechadura em formato de coração na parte de trás do capacete que levava na cabeça. Ela testou uma por uma até encontrar a que destrancava a cela. Com um guincho estridente, o metal deslizou arranhando a canaleta até bater na pedra do outro lado. Red congelou, mas ninguém apareceu.

Ace estava em pânico.

— Não sei não, Red. Vão deter a gente, mesmo se parecer que é você que está nos levando. Você não sabe como ela é cruel. Nós a subestimamos.

— Não estamos negociando, Ace — rebateu a menina entredentes. Havia correntes caídas pela chão da cela, separadas dos prisioneiros anos antes. — Se embolem nisso aí e me sigam.

Eles saíram pelas masmorras e passaram pelo guarda que cuidava da entrada. Ele atentou ao grupo por um instante, mas Red só balançou a cabeça e seguiu em frente.

— Que barulho é esse? — sussurrou Chester atrás dela. Havia um tinido rítmico e bizarro vindo de cima. Red ia na frente enquanto eles subiam as escadarias longas em espiral.

— Não sei — respondeu. Eles estavam em algum ponto abaixo do Salão Principal; podia ser qualquer coisa. — Talvez estejam trocando a guarda.

Mas o barulho estava ficando mais alto, ricocheteando nas paredes das escadas.

— Red... — falou Ace, mas ela continuou.

Então chegaram ao primeiro patamar e pararam com tudo.

Os soldados-cartas tinham descido as escadas na direção deles, dois a dois, bloqueando por completo o caminho. Encararam o grupo com suas armaduras sem vida, posicionados lado a lado.

Red hesitou, agarrando as correntes falsas com mais firmeza e batendo continência. Ninguém respondeu.

Enquanto observava, os guardas se moveram, virando para o lado e dando um passo para trás; tinha algo querendo passar.

Por fim, os mais próximos a Red se separaram, e sua mãe surgiu.

— Boa tentativa — murmurou a Rainha de Copas.

Capítulo
36

Corações muito, muito frios

A aparência desgrenhada e irritada da Rainha tinha sido substituída por pura compostura e pelo Olhar — terrível e frio. Na luz sinistra das masmorras, sua sombra vermelha parecia particularmente assustadora, a boca se retorcendo para baixo.

— Tire o capacete, Red — ordenou.

Red não conseguia se mexer. A Rainha franziu os lábios e estalou os dedos, então o soldado mais próximo a puxou para a frente e lhe arrancou o capacete da cabeça. Ela gritou, sentindo um arranhão na orelha.

— Tive um mau pressentimento a seu respeito — continuou friamente a Rainha de Copas. — Pegamos seus amiguinhos. Você devia ter fugido. — A Rainha balançou a cabeça. Um olhar de decepção estava estampado em seu rosto. — Queria estar errada. Mas, da forma que você tem agido ultimamente, essa conversa toda sobre festas… Vejo no seu rosto durante os treinamentos reais. Você age como se conseguisse esconder, mas a verdade é que é fraca. Voltou por eles. Pelos seus supostos *amigos*. E de que isso adiantou?

A mente de Red estava a mil. O guarda pequeno, a facilidade de entrar, a ausência de soldados-cartas nas masmorras...

— Foi uma armadilha? — arquejou a menina.

— Você caiu feito um patinho. — Por um momento terrível, Red pensou que a mãe pudesse cair no choro. — Como pôde?

— Isto é errado — falou Red. — A forma como você trata essas pessoas... está tudo errado!

Mas a Rainha tinha lhe dado as costas e estalado os dedos. De uma só vez, os soldados-cartas que a ladeavam marcharam adiante, agarrando Red; outros dois a passaram, para pegar Chester e Ace. Red sentiu a pressão forte da mão deles conduzindo-a para baixo, para as masmorras — uma prisioneira na própria casa.

— MÃE! — gritou Red. — Não *faça* isso!

Não adiantava. A Rainha desapareceu sem demora atrás das cartas, e logo tudo que Red pôde ver eram as paredes cheias de musgo das masmorras, o chão preto e as barras de ferro da cela que agora ela ocupava com os amigos.

Desabando ao chão, Red colocou as mãos no rosto e gemeu.

— Não acredito. Não acredito que caí no joguinho dela.

Ace e Chester ficaram sentados em silêncio.

— Estamos felizes em ver você — falou Ace. — Mas queria que não fosse nestas circunstâncias.

Chester traçou a linha das pedras com o dedo.

— Bolamos um plano quando você estava na cachoeira. Dissemos que, quando os soldados-cartas viessem, pois sabíamos que eles viriam, a gente os atrairia para longe. E você poderia ser livre.

— Devíamos ter te contado, mas a gente sabia que você protestaria — disse Ace.

Red mordiscou o lábio, irritada.

— Não deviam ter feito isso. Queria que não tivessem feito isso.

Ficaram então sentados em silêncio, quase engolidos pela escuridão da cela. Uma única tocha queimava na parede do lado de fora.

— Acham que vamos morrer? — perguntou Ace baixinho.

Sua pergunta devia ter transparecido medo, mas ele só parecia indiferente.

— Ela não mataria a própria filha, mataria? — perguntou Chester. — Mas nós dois já somos outra história.

— Ela não vai fazer isso — respondeu Red com determinação. — Faz anos que não temos uma execução.

— Tem certeza? — perguntou Ace. — Vai ver ela só não divulga publicamente.

— Tenho, sim. Ela gosta demais de um espetáculo para fazer isso em segredo.

— Bem, fazer isso durante a Cerimônia do Chá certamente seria um espetáculo — falou Chester de modo sombrio. — Um ótimo momento para uma punição exemplar…

— Ah, pelo naipe de Paus. Você não acha isso mesmo, acha? — perguntou Ace. Até mesmo na luz fraca, Red conseguia ver que o rosto dele tinha ficado muito pálido.

— Ela não vai fazer isso! — rebatou Red. — Não vou permitir.

— Ou talvez ela só nos deixe morrer de fome aqui embaixo — balbuciou Chester.

Eles ficaram em silêncio de novo; não havia mais nada a ser dito. Incerta sobre o destino deles e sobre o futuro do País das Maravilhas, exausta, com frio e dolorida, Red caiu num sono inquieto repleto de pesadelos.

Capítulo
37

Chorar sobre o chá esparramado

Red acordou de repente com um tinido agudo a poucos centímetros da cabeça.

Um soldado-carta batia o cajado nas grades da cela. Os três adolescentes haviam adormecido. Ace e Chester olhavam ao redor confusos, igualmente desorientados pelo barulho. Sem a luz do dia, Red não tinha nenhuma noção do horário. Era como se já estivessem nas masmorras há semanas, embora não pudesse ter sido mais do que só algumas horas.

— *Já acordamos!* — rosnou a garota, cobrindo as orelhas. O guarda parou e fincou a ponta do cajado na pedra. — Sou a Princesa deste lugar, sabia?

O soldado destrancou a porta da cela e a abriu. Red encarou os garotos, com o coração na boca. Os olhos de Chester estavam preocupados quando encontraram os dela. Seja lá o que os aguardasse, não podia ser bom.

— O que… o que foi? — perguntou Red. — Aonde está nos levando?

O soldado-carta disse apenas duas palavras num tom monótono:

— Para cima.

Não parecia bom, mas qualquer coisa seria melhor do que ficar nas masmorras. Em fila única, Red, Ace e Chester saíram da cela. Outro guarda os acompanhava de perto. Não estavam presos pelos braços nem pelas pernas, mas certamente não havia chance de fuga.

Enquanto subiam juntos a longa escadaria, Red sentiu Ace roçar seu ombro e lhe apertar a mão. Ela desejou poder dizer alguma coisa; que, apesar dos avisos da mãe, ele e Chester eram seus melhores amigos no mundo. Que ela só descobriu o que era amizade quando eles entraram na vida dela. Que os dois a tinham feito acreditar que ela podia fazer qualquer coisa, até mesmo criar um novo País das Maravilhas. E que tinha tanto medo de ter decepcionado os dois.

No entanto, os guardas os mandavam calar a boca pelo barulho. Fosse como fosse, Red não acreditava ser capaz de colocar as palavras para fora.

A menina precisou de um momento para acostumar os olhos quando saíram das masmorras. A claridade entrava pelas janelas altas do castelo e cobria o piso. Já era de manhã, o que Red jamais teria adivinhado — noite e dia eram basicamente iguais na escuridão permanente do subsolo. Ela se sentiu saindo de uma caverna.

Quando chegaram ao Salão Principal, Red sentiu o impulso de fugir. Como se tivessem percebido, os guardas se aproximaram e outros apareceram em cada lado. Ela suava pelo pescoço, pela palma das mãos... o que estaria por trás das portas duplas?

Só que, quando os soldados-cartas abriram as portas, o cômodo estava vazio.

— O que é que está *acontecendo*? — Red exigiu saber.

Como resposta, o soldado à sua esquerda lhe agarrou pelo braço e a puxou para um lado, enquanto os companheiros levaram Ace e Chester para outro.

— Red? — chamou Chester, com a voz impregnada de medo.

— O quê? — gritou Red. — Não! Aonde quer que os esteja levando, precisa me levar também!

O soldado já a agarrava pelos braços e a levava às escadarias em uma ponta do Salão Principal, enquanto Chester e Ace iam para a outra.

— Não ousem fazer isso! — gritou de novo, lutando para escapar das garras de metal. — Chester, fuja se conseguir! Ace!

— *Red!* — gritou Ace antes que o soldado-carta que o segurava cobrisse sua boca com a luva de ferro.

E então eles sumiram de vista. Num piscar de olhos, seus amigos foram levados, e Red subia com o soldado de novo.

— Explique-me isto *imediatamente*! — ordenou a garota. A imagem do rosto aterrorizado de Ace e Chester ainda estava nítida em sua mente.

Mas o guarda a levou em silêncio para o topo das escadas e a entregou para um grupo de mulheres da nobreza que Red não reconheceu. Elas a pegaram, agarrando seus braços com força e puxando suas roupas e seu cabelo.

— Parem! — gritou. — O que estão fazendo?

As mulheres prenderam algo na cintura dela. Uma mulher aplicou batidinhas de pó em suas faces e outra afastou bruscamente o cabelo de seu rosto. Red se debateu a cada instante, mas elas eram mais fortes e determinadas. Trabalharam num silêncio assustador, encarando Red com olhos desaprovadores. Em seguida, alguém a empurrou adiante, em direção à outra porta.

Em direção ao sol forte, que ofuscava os olhos enfraquecidos de Red.

Ela estava no terraço, no segundo andar do castelo — o que ficava de frente para os jardins. Diante dela havia uma mesa com duas cadeiras, porcelana fina disposta com esmero e porções de comidas e confeitos.

Red suspirou trêmula, dando um passo à frente. Pela amurada do terraço, pôde ver dezenas e dezenas de mesas redondas dispostas de maneira organizada no jardim, onde estavam centenas dos mais nobres do País das Maravilhas e membros da corte. Todos estavam vestidos de maneira formal, e cada um deles encarava o terraço em expectativa.

Um movimento à esquerda de Red a fez estremecer. A Rainha de Copas surgiu das sombras, em direção à luz, observando Red com uma expressão gélida e calculada. Ela se sentou à mesa e assentiu, erguendo uma xícara de porcelana.

A anual Cerimônia do Chá do País das Maravilhas estava prestes a ter início.

Capítulo 38

Prisioneiros

R ed não se mexeu. Ela não podia mesmo… A Rainha de Copas esperava mesmo que ela seguisse com o plano? Depois de ver os amigos sendo levados como criminosos?

Foi tomada por uma onda de náusea. A nobreza conversava e comia, vestida com suas melhores roupas, com um gritinho ou outro surgindo aqui e ali. Eles bebericavam seu chá e observavam Red e sua mãe com olhos vorazes.

O que acontecera com todos os jovens do País das Maravilhas na noite de quinta-feira? Onde estavam agora?

A Rainha de Copas abaixou a xícara com um movimento calculado e disse apenas:

— Sente-se.

Red ficou paralisada.

— Para onde mandou Ace e Chester? — murmurou baixinho em meio ao barulho da multidão.

— Eles vão se juntar a nós logo, logo. Não se preocupe.

Red deu outro passo incerto à frente, depois mais outro. Ao se aproximar da mesa, viu o próprio reflexo turvo na cloche de metal brilhante que cobria a sopa. As mulheres nobres da torre a deixaram igualzinha à mãe — era impossível distingui-la como Red. Seu cabelo estava sedoso e liso, uma cortina vermelha macia, e seus olhos estavam pintados com tons de escarlate. Suas costelas doíam debaixo do corpete que fazia um V no quadril para contrastar com as mangas bufantes da seda vermelha.

Corações, sempre o coração de Copas — ela própria tinha sido transformada no naipe.

— Coma — ordenou a Rainha do outro lado da mesa. — Já se esqueceu do treinamento?

— Mãe, por favor — sussurrou Red. — Não os machuque. O que quer que tenha planejado, saiba que foi culpa minha, ideia minha, não deles. Puna a mim.

A Rainha de Copas colocou um sanduíche de pepino e cream cheese na boca como se estivesse entediada. Em seguida, limpou os dedos no guardanapo com delicadeza.

— Pela forma como você tem agido, parece que a Cerimônia do Chá é o pior castigo que poderia receber.

Por um brevíssimo instante, Red pensou ter visto um lampejo de dor no semblante da mãe. Ele logo sumiu, porém, e a Rainha revirou os olhos.

— Vou seguir com a cerimônia — declarou Red. — Faço o que você quiser. Só os liberte, por favor.

— Bem, não vou machucá-los, se é por isso que está tão preocupada. — A Rainha de Copas tomou um golinho de chá. — Mas também não posso soltá-los.

— Então… então o quê…

As súplicas de Red foram interrompidas pelos gritos de come-moração dos convidados. A menina se assustou e virou para ver o que lhes chamara a atenção. Num primeiro momento, achou que estavam olhando para ela, mas não… algo se aproximava por trás.

Dois soldados-cartas grunhiram ao empurrar uma grande plata-forma vermelha com rodas para o terraço. No alto, com os braços e as pernas acorrentados, estavam Chester e Ace.

Capítulo 39

Cortem-lhe as...

A Rainha de Copas deu um sorriso benevolente e levantou as mãos no ar, pedindo silêncio.

— Obrigada por estarem aqui hoje — gritou para os convidados. — Sempre fico ansiosa para a nossa reunião anual e, como sabem, este ano é particularmente especial.

A Rainha limpou a garganta. Red olhou para Chester, torcendo para ele ter algum tipo de plano, mas ele só retribuiu o olhar e abaixou a cabeça. Ace deu de ombros de leve e olhou para Red com uma carinha de dar dó. Eles estavam cercados pela nobreza, ladeados por soldados-cartas. Não havia nada, nadinha que pudessem fazer.

— A Cerimônia do Chá do País das Maravilhas é um momento importante para celebrar nossa nação e nos lembrarmos do que nos diferencia de nossos vizinhos — continuou a Rainha de Copas. O sorriso sumiu de seu rosto. — *Poder*. O poder nos permitiu triunfar sobre nossos oponentes mais fracos: Auradon, seus soldados inadequados, até mesmo a própria Alice, anos atrás. E, como sua líder, assumi a grande responsabilidade de impor a ordem e um reinado justo para garantir que nada ameace nosso poder. Em meus esforços, nunca confiei em ninguém além de mim mesma. Em ninguém, isto é… além de minha filha, Red.

A Rainha olhou para Red, mas não fez contato visual. Logo depois, se voltou para a multidão.

— Espero não ter cometido um erro. — Isto ela falou mais baixo, talvez baixo demais para que os nobres ouvissem. — Em sua criação, eu ensinei a ela tudo que sei, preparando-a para ser a princesa austera e poderosa do País das Maravilhas. Este ano, decidi que estava pronta para dar seu primeiro decreto real, para deixar sua marca no País das Maravilhas.

A multidão murmurou. O escândalo mais recente certamente tinha chegado aos ouvidos de todos. Red se sentiu grudada à cadeira, sem conseguir se mover enquanto o espetáculo seguia como um pesadelo estranho.

— Sim, sim — falou a Rainha com simplicidade, acenando. — Todos temos distrações na juventude. Todos cometemos erros. Ah, quer dizer — ela deu um sorrisinho perverso —, não cometemos, *não*.

A população riu, embora Red pensasse na Duquesa e em todos os outros nobres que estavam ali no jardim por obrigação, rindo nos momentos certos porque temiam pela própria vida. Red sabia da verdade por trás da máscara que todos usavam.

A Rainha de Copas se aproximou da plataforma, toda animadinha.

— E, portanto, neste dia de comemoração, uma demonstração de poder seria apropriada. Poder sobre a fraqueza, poder sobre cada pequena perturbação que possa distrair minha filha e afastá-la de conquistar seu pleno potencial como a próxima líder do País das Maravilhas. E sei que vocês amam meus truques de antifestas!

Red sentiu o coração escapando pela boca. Chester ergueu o queixo, ignorando a Rainha e olhando fixamente para Red. Ace respirou fundo e lhe deu um sorrisinho.

Tudo aconteceu de maneira quase instantânea. A Rainha levantou as mãos e soltou um grito, dizendo algumas palavras em uma língua antiga e complexa que nunca tinha sido ensinada a Red, e uma luz irradiou de suas palmas. Red gritou, mas o som ficou preso em seu peito como se todo o ar lhe tivesse sido arrancado.

Foi a transformação de Ace que ela percebeu primeiro. De repente, não era mais ele que estava na plataforma, mas outro general-carta com uma armadura de ferro vermelha, um cajado pesado à mão e um capacete prateado escondendo o rosto. A flâmula em seu peito apresentava uma letra *A* escarlate sobre um coração grande e terrível.

— Ace? — suspirou Red. Atrás dela, a multidão gritava em comemoração. Ela se aproximou dele e tocou seu ombro.

Ele sequer a olhou. Ace se virou como se ela não estivesse ali, cruzou a plataforma até a Rainha, pressionou o punho ao peito e se ajoelhou diante dela.

— Não — falou Red. — Ace...

— Muito bem. — A Rainha de Copas deu batidinhas no capacete. Ele se levantou e desapareceu nas fileiras de outros soldados-cartas no terraço, indistinguíveis uns dos outros.

A mente de Red rodopiava. Ela percebeu que havia um gato na plataforma. Ele balançou a cabeça de um lado para o outro, consternado, coberto de um pelo castanho.

— Não pode ser — arquejou Red.

O gato — Chester — virou os olhos estranhamente brilhantes para ela como se entendesse. Deu um sorriso largo, muito atípico para um gato. E então, lentamente, diante dos olhos dela, seu rabo desapareceu, depois as pernas, até que só sobrasse um sorriso flutuante, sem corpo, na brisa.

Red sentiu o coração se partindo em dois, dez, vinte pedaços. Ela os perdera tão rápido que foi como se nunca tivessem estado ali.

Com as mãos em punhos, sacudindo os braços, Red olhou para a mãe. A Rainha ria baixinho, como se um peso imenso tivesse sido tirado de seus ombros.

— Você mentiu para mim — falou Red. — Disse que não os machucaria.

— Bem, minha querida — falou a Rainha, parecendo ter voltado a ser como antes —, não lhes cortei a cabeça, cortei?

Capítulo

40

A anticerimônia

Por um momento, Red considerou abandonar a Cerimônia do Chá diante de toda a corte. *Isso sim* seria decepcionante para a mãe. Mas ela não tinha escolha. A Cerimônia do Chá seguia no entorno de Red: o próximo prato já estava sendo servido; os sapos-mordomos traziam o trono da Rainha para a plataforma vermelha. Outro trono, que Red nunca vira antes, também foi trazido das sombras. Por fim, um rolo sobre uma almofada de veludo chegou também, coberto por uma cloche de vidro vermelho.

Red, porém, mal dava atenção a tudo isso — ela tinha perdido os amigos.

Os únicos amigos.

A sensação avassaladora e nauseante que lhe acometera o estômago no Deserto Vermelho voltou com tudo. Red deveria ter feito tudo sozinha. Deveria ter repelido Chester e Ace assim que tivera a chance. Se ela tivesse ido sozinha ao Lago de Lágrimas, os dois ainda seriam eles mesmos — talvez a Rainha até os tivesse soltado se percebesse que não conseguiria usá-los de isca.

Nada daquilo teria acontecido se Red não tivesse se importado tanto. *Se importar com as pessoas apenas lhes dá poder sobre você. Indiferença? Isso sim lhe garante permanecer com o poder.*

Era uma fraqueza. E a Rainha de Copas sabia como usá-la a seu favor.

Red sentiu um frio no peito e desejou que suas mãos parassem de tremer. Não adiantava. Ela não deixaria a mãe continuar tirando vantagem de sua fraqueza. Garantiria que não houvesse nada fraco ou vulnerável dentro de si, nada que a Rainha pudesse destruir.

A Rainha de Copas limpou a garganta.

— Chegou a hora do decreto real — falou a mãe. — Red, Vermelha de Copas…

A Rainha subiu na plataforma e ficou ao lado do trono. Abaixo da cloche de vidro vermelha, Red viu a letra manuscrita no rolo.

— Tomei a liberdade de escrever suas primeiras leis — falou a Rainha de Copas numa voz baixa. — Pode me agradecer depois.

Red olhou para as mãos, calmas e firmes agora. Sua mãe tivera a habilidade de implementar regras arbitrárias, de mudar as formas de Ace e Chester. O que ela tinha, em contrapartida?

Poder lhe cairia bem naquele momento.

Olhou para a mãe de igual para igual, sabendo que a Rainha esperava que fosse a filha perfeita — uma réplica de si mesma, tirana e fria.

Só que ela não tinha ideia do que estava por vir — não sabia do que Red era capaz. A Rainha lhe ensinara tudo que sabia, mas havia muito mais a aprender — tanto que Red podia usar para ser a líder de que o País das Maravilhas precisava, embora ainda não soubesse disso. Seu reinado seria representado por uma chama insensível. Indiferença era um bom começo. Ela não poderia ter amigos — ninguém mais poderia ser machucado por sua causa. Nunca derrotaria a mãe no próprio jogo. Red era uma artista solo, e ia criar as próprias regras.

— Está pronta? — continuou sua mãe.

— Estou — respondeu a menina. — Cada reunião que consista em mais do que dois cidadãos do País das Maravilhas deve ser previamente aprovada pelo... — Ela leu em voz alta o que a mãe escrevera para ela.

Por dentro, porém, havia uma chama. Um fogo que jamais se apagaria. Um dia, Red jurou para si mesma, ela incendiaria tudo. Queimaria tudo.

Eles iam ver só...

Ela ia tingir a cidade de vermelho.

Agradecimentos

Um obrigada do tamanho do País das Maravilhas para a minha editora, Brittany Rubiano, que fez o processo de escrita deste livro ser uma delícia! Obrigada a todo mundo da Disney, incluindo Kieran Viola, Tonya Agurto, Augusta Harris, Crystal McCoy, Holly Nagel, Danielle DiMartino, Matt Schweitzer e todo o restante da equipe! Obrigada a meus agentes, Richard Abate e Ellen Goldsmith-Vein. Obrigada aos meus amigos e familiares. Obrigada aos fãs fiéis de Descendentes — espero que tenham gostado deste novo volume!